▲ 特攻出撃直前 整備兵たちと別れの盃をかわす飛行兵たち

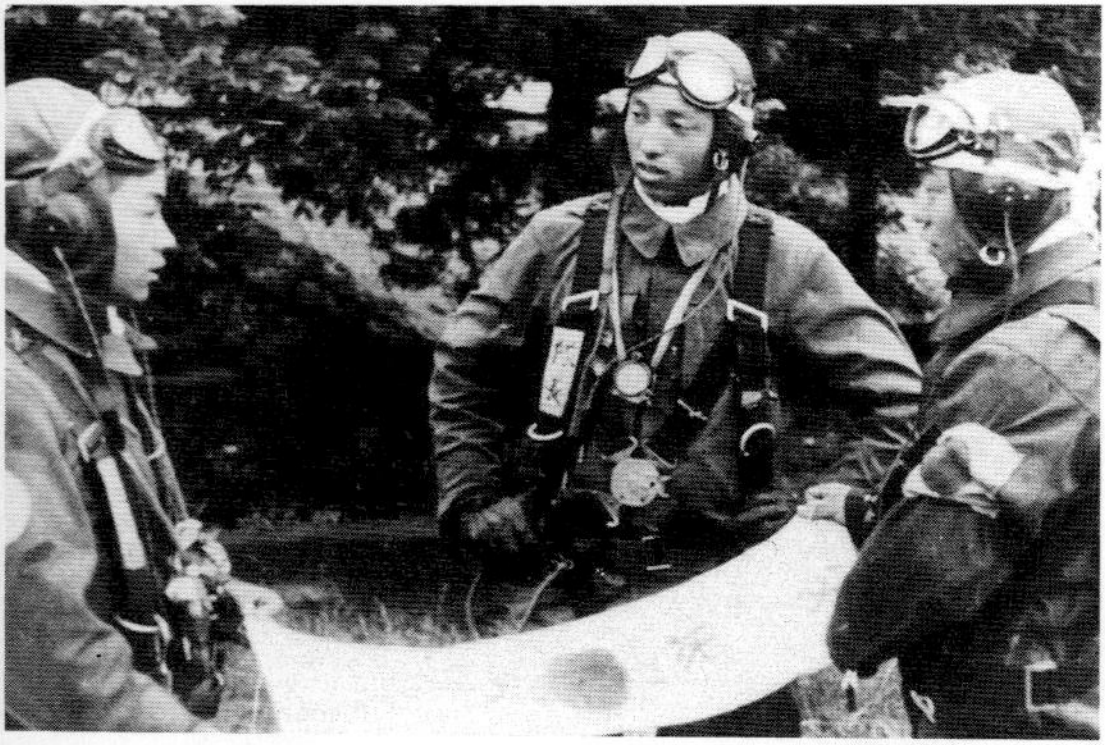

◀知覧にて特攻出撃直前に作戦を練る　左より
第五十五振武隊隊長　黒木国雄
第五十一振武隊隊長　荒木春雄
第六十五振武隊隊長　桂　正

▲第二百十三・二百十四振武隊出撃

▲ 特攻天号作戦出撃の第二十振武隊穴沢少尉機を見送る知覧高女三年生たち
うつむいて涙をこらえている

▲ 第二十振武隊は昭和二十年三月知覧を出撃
全員特攻死

▲ 当時の富屋食堂

▲ 陸軍航空学校入校時の著者

◀ 戦友の遺骨を胸に整備兵の心づくしの鯉のぼりと共に出撃

▲ 三角兵舎横 握り飯をほおばる第五十三振武隊

写真提供　神坂次郎氏 知覧特攻平和会館

新潮文庫

今日われ生きてあり

知覧特別攻撃隊員たちの軌跡

神坂次郎著

新潮社版

5099

目次

俺たちの苦しみと死が、俺たちの父や母や弟妹たち、愛する人たちの幸福のために、たとへわづかでも役立つものなら……

長谷川信《まこと》少尉《しょうい》の日記
（沖縄天号作戦で特攻戦死）

今日われ生きてあり

知覧特別攻撃隊員たちの軌跡

特攻基地、知覧《ちらん》ふたたび——序にかえて

薩摩《さつま》半島の最南端に、開聞岳《かいもんだけ》という山がある。標高九百二十二メートル。薩摩富士とよばれるこの美しい円錐《えんすい》形の山は、裾野《すその》を太平洋に洗われ、ふかい緑におおわれた山頂から麓《ふもと》まで一直線の傾斜をみせた端正な山である。開聞岳の名は、鹿児島湾の入り口にあるところから〝海門《かいもん》〟となり、それが転じたのだという。

四十年まえ、本土最南端、陸軍最後の特攻基地知覧を出撃した特攻機の編隊は、この開聞岳上空を西南にむかって飛び去っていった。

本土ともこれでお別れになる。隊員たちは、日本最後の陸地である開聞岳の姿を心の底に灼《や》きつけるように、何度も振り返り振り返り凝視《みつ》めていた。なかには、万感の念《おも》いで祖国への訣別《けつべつ》の挙手の礼をこの山にむかって捧《ささ》げている少年兵もいたという。

開聞岳上空から沖縄まで六百五十キロ。海上二時間余の飛行。この山に別れを告げ、還《かえ》らざる壮途についた特攻隊員四百六十二人。出撃機数四百三十一機。開聞岳は、美しくもかなしい山である。

——昭和五十七年の夏、その開聞岳をふたたび眺《なが》め、知覧を訪ねた。三十七年ぶりの知覧への旅であった。戦後、いままでも幾度か訪ねたいと、渇《かわ》くような思いをもっていた。その思いをもちながら、なぜか心の裡《うち》に躊躇《ためら》うものがあった。戦争で死ななかった者の、後ろめたさ、悔恨の念なのであろうか。

知覧……。薩南の涯《はて》の山のなかの静かな町。と号（特攻）要員とよばれた若者や少年たちが、青春の最後の幾日かを過した町。祖国の難に一命を捧げた隊員たちの特攻機が、二百五十キロの爆弾を抱えてよろけるように飛び立っていった町。そんな隊員や、それを取りまいた人びとの、さまざまな昏《くら》い思いが罩《こ》められている町、知覧。

鹿児島市内で一泊して、翌朝はやくホテルまで迎えにきてくれた建設業の福元勇蔵氏の車で、知覧にむかった。飛行学校で同期だった福元は、薩摩人らしい朴質《ぼくしつ》な人柄《ひとがら》で、突然やってきたわたしのために多忙な一日をさいてくれたのだ。

鹿児島市内から涙橋……紫原《むらさきばる》、谷山と旧谷山街道に車を走らせながら福元は、訥々《とつとつ》とした話ぶりで彼自身の終戦を語る。

「……あれァ敗戦のときの九月ンじゃった。これでもう日本軍の飛行は終りという日、済南《さいなん》（中国）の飛行場の上空で、先輩の少飛（少年飛行兵）四期の飯田中隊長が九九双軽（九九式双発軽爆撃機）で、宙返りから何からみんなやってみせた。それァ見事なもンじゃった。私《あた》ゃそれを、いまでもよう覚えちょる」

福元の耳の底には、その〝最後の飛行〟の爆音がいまも轟々《ごうごう》と響きつづけているのであろう。福元はその感動を抑えきれぬように、

「済南の空を見あげながら、飛行場の誰も彼もが〝これで日本陸軍の飛行機の見納めか〟と、みんなぼろぼろと涙をこぼしておった」

それが福元の青春でもあったのだろう。わたしたちの年代では、戦争をぬきにして青春は語れないのだ。

鹿児島から一時間、手蓑《てみの》峠を登りつめると、いちめんの茶畑のひろがりが目のなかに躍りこんできた。

（ああ、知覧だ）

左手に知覧茶発祥の地の碑もみえる。ここから道を南下すると、知覧町役場……麓川、永久橋にかかる。

町の表情は明るくなっていた。往還は舗装され、左右に建ち並ぶ家々も新しく装いを変えていた。橋の袂《たもと》にあった軍用旅館の永久旅館はコンクリート造りのモダンな、自動ドアのついた食堂「味処《あじどころ》えいきゅう」になり、内村旅館は木造モルタル造りにな

り、当時の女主人たちの姿はすでになかった。所有者も変っていた。飛行兵たちが外出のたびに通った軍用食堂の「富屋」も、大きな富屋旅館に新築されていた。飛行兵たちがよく利用した私鉄、南薩鉄道は廃線になり、知覧駅の古ぼけた駅舎だけがぽつねんと立ちつくしていた。その駅舎の正面に打ちつけられた板片《いたぎ》れにCHIRAN STATIONと墨で書かれているのが、歳月の流れを感じさせた。

知覧の町で、当時の面影《おもかげ》をのこしているのは、旧鹿児島街道に建ち並ぶ、玉石や切《きり》石垣《いしがき》の上に犬槇《いぬまき》の大刈込みをみせた麓《ふンもと》の武家屋敷群と、それを縦横に結んだ小路……次《つん》の小路《しゅっ》や紺屋《くやん》小路《しゅっ》、城馬場通《じょんばばどおい》のたたずまいと、軍用旅館を発《た》って出撃する隊員たちのために、知覧高女の少女たちが、おりから満開の八重桜の枝を折りとり、折りとりして駈《か》けつけたという永久橋畔の桜の古木。そして飛行兵たちから慈母のように慕われた特攻おばさん、鳥浜とめさんだけであった。

とめさんは健在であった。八十一歳。でっぷりと肥《ふと》って、そのためか足の痛みがひどく歩行も不自由らしかった。それでもとめさんは、訪ねて行ったわたしたちのために、杖《つえ》をついて奥座敷まできてくれた。

「ゆう、おさいじゃしたなぁ」

とめさんは、不作法を詫《わ》びながら畳の上に痛む足を投げだし、あのころの隊員たちの表情を、一つひとつなぞるように話してくれた。

「僕が死んだら、きっと蛍《ほたる》になって帰ってくるよ」

そう言って出撃した宮川軍曹《ぐんそう》が、翌晩、一匹の〝蛍〟に化《な》って飛んできたというのは、この左手の庭の泉水のほとりであった。第七次総攻撃に進発した朝鮮出身の光山少尉《しょうい》が、出発の前夜、とめさんにねだられて低い声でアリランの歌を唄《うた》ったのは、次の間の柱のところであった。光山少尉はその柱にもたれ、軍帽をずりさげて顔をかくすようにして唄っていたという。

「僕の生命《いのち》の残りをあげるから、おばさんはその分、長生きしてください」

そう言って、うまそうに親子丼《おやこどんぶり》を食べて出撃していった一人の少年飛行兵のことを語ると、とめさんは、あの子のおかげで私《あた》ゃこんなにも長生きしてしもうた、と涙をにじませた。

この知覧にわたしがいたのは、きわめて短い日数であった。と号要員でもなかったわたしは、やがて名古屋郊外、小牧第二十三飛行団司令部の通信飛行班に移っていく。わたしの知覧とのかかわりは、ただそれだけであった。が、なぜかわたしの知覧への思いはふかい。それを言うと、とめさんは、

「生き残りの特攻隊員さんがおじゃるようになったのも、戦後十年目ぐらいからのこ

つでごあんぞ」

元隊員たちが、ながらく知覧に姿を見せなかったのは、いちどそこで死を覚悟したものにとって、多くの先輩や同志を失った痛恨きわまりないこの地には、訪れがたいなにかがあったのであろう。

富屋旅館で昼食をすませて発つとき、杖をついて玄関まで見送ってくれたとめさんは、飛び立っていく特攻機を描いた富屋旅館の日本手拭《てぬぐい》に署名して、一首の和歌を書き添えてくれた。

散るために咲いてくれたか桜花散るこそものの見事なりけり

知覧の飛行場跡は、木佐貫原《きさぬッばい》の台地にある。

昭和十六年、ここに太刀洗《たちあらい》陸軍飛行学校知覧分教所が設けられ、多くの少年飛行兵たちが巣立っていった。——が、やがて大戦末期、ここは第六航軍の特攻基地となり、そして戦い敗れたいま、台地はふたたびもとの静寂さをとりもどし、薩南の真盛りの夏の陽ざしをあびてひっそりと声もなくしずまりかえっている。

戦後、開墾された台地は見渡すかぎりの茶畑、唐薯《からいも》畑、里芋畑になり、かつての特攻基地をしのばせるのは、ピサの斜塔のように傾いた給水塔と弾痕《だんこん》をのこして転がっているコンクリートの衛兵所だけであった。ほかには、なにも残っていなかった。すべてが、もとの畑地と雑木林の原に還っていた。その野の涯のはるか彼方《かなた》に、開聞岳だけが遠く、当時もいまも変らぬ端正な姿をみせていた。

特攻平和観音は、兵舎跡にちかい知覧運動公園の傍に建てられていた。運動公園で車を降りて、福元とわたしは観音堂にむかった。観音堂の境内は掃き清められ、参道の左右には遺族や鳥浜とめさんや、鹿児島少飛会はじめ由縁《ゆかり》の人びとが寄進した石燈《いしどう》籠《ろう》が立ち並んでいた。そのむこうの、元隊員や関係者たちの浄財で建てられたコンクリート造りの観音堂には、大和、法隆寺の夢違《ゆめたがい》観音を模した金銅仏《こんどうぶつ》が納められている。

特攻観音に参詣《さんけい》をすませて、横手にある特攻遺品館に行った。

遺品館には、出撃散華《さんげ》した特別攻撃隊員たちの飛行帽や寄せ書、遺書や写真などが展示されている。遺品は、先輩たちのものばかりではなかった。昭和十八年四月、東京陸軍航空学校（甲種）に入校した福元やわたしなどより六ヵ月のちに学徒出陣した特別操縦見習士官や最後の少飛特攻隊員や、そして一年後に戦列に加わった特別幹部候補生の隊員たちの遺影も飾られていた。

そのなかでつよく目をひいたのは、出撃前のひととき、仔犬《こいぬ》を抱いて戯《たわむ》れているまだあどけなさを残した少飛隊員たちの群像であった。第七十二振武隊・高橋伍長《ごちょう》……

荒木伍長……千田伍長……。それにしても、二時間余に迫っている確実な〝死〟を前にした少年たちのこの明るい表情はなんということであろう。

当時の、陸軍の少年飛行兵や海軍の予科練習生の出身者は、愛国の情熱に駆られて、ひたすら体当り攻撃を志し、みずからすすんで血書し特別攻撃隊員になった。

〈……いま茲《ここ》に殉国の翼あればたちまちにして敵の輪形陣を消滅し皇国の危急を救ひ得べきこと明らかなるを思へば、湧《わ》き上る若き血潮おさへ難く誰か生命など惜しまんや。

茲においてか箇節にして的確なる神技の訓練を重ね、一発必中を期し以《もっ》て爆弾を抱いて爆弾と共に祖国の急を救はなん、いざ。この翼いま飛ばざれば何時《いつ》の日国に報ゆる時あるらん〉（陸軍特別攻撃隊、檄文《げきぶん》）

航空機搭乗員《とうじょういん》として、空中勤務者として若さと純真さだけが耐えることのできる猛訓練を超えてきた少年たちには、独自の死生観があった。飛行学校いらい結ばれてきた先輩と後輩の勁《つよ》い絆《きずな》があった。少年たちの目標はその先輩の、陸軍の撃墜王の穴吹智曹長（少飛六期、三十九機撃墜）であり、世界最高の超重爆撃機撃墜王の樫出大尉（少飛一期、B29二十六機撃墜）であり、そしてまた後輩の若鷲《わかわし》たち八機をひきいて出撃散華した特攻、第六十四振武隊長の渋谷大尉（少飛三期、同日任陸軍中佐）であった。

少年たちにとって、先輩が飛んだ道、同志が征《い》った道は、誰が何と言おうとも、それが死につながる道であろうとも問題ではなかった。生死を迷うにしては、かれらはあまりにも無垢《むく》であり、至純でありすぎた。

酔生百年　夢死千年
修業二十年　散華一瞬（田中伍長遺書）
少飛は飛行弾なり（金沢伍長遺書）
ひたぶるに御楯《みたて》と生きん国護《まも》るますらたけをとなりて嬉《うれ》しき（小高伍長遺書）

当時、報道班員として数多くの特攻隊員を見送った作家の戸川幸夫氏は、
〈彼らは神々《こうごう》しいまでに純粋だった。あんな美しい若者の姿を私はみたことはない〉
と述べ、フランスのジャーナリスト、ベルナール・ミローはその著『神風』のなかで、
〈この行為（特攻）に散華した若者たちの採った手段は、あまりにも恐ろしいものだった。それにしても、これら日本の英雄たちは、この世界に純粋性の偉大さというものについて教訓を与えてくれた。彼らは一〇〇〇年の遠い過去から今日に、人間の偉

大さというすでに忘れられてしまったこの使命を、とり出してみせてくれたのである〉（内藤一郎訳）

と詠嘆する。

仔犬とたわむれていた第七十二振武隊の高橋伍長らが沖縄西海域に突入散華したのは、昭和二十年五月二十七日のことである。同日（四階級特進）陸軍少尉。いずれも、享年《きようねん》十七余。

この高橋伍長らが出撃したのは、ながいあいだ〈知覧基地〉だと思われていた。防衛庁関係文書でも同期生会資料でも、そう記している。が、じつは高橋伍長らが飛び立ったのは、終戦の数ヵ月前にできた〝まぼろしの特攻基地〟万世《ばんせ》（加世田《かせだ》市）からであった。そのころ万世基地の飛行第六十六戦隊の苗村少尉は、

「航空隊の特色として、どこからか飛来してきては敵地に突入するということの繰り返しであったから、数日間も会った人もいれば、ただすれ違っただけという人も多く、また、特に特攻隊はいろいろの小さなグループに分れていて、母隊（原隊）がないため、突入のあとは確認の方法もない……出撃名簿に記載されていても、機関故障で不時着、生還したり、それが訂正されずにそのまま残っていたり……」

であったと、大戦終焉《しゆうえん》期の混乱を語っている。

館内に展示された隊員たちの遺品や、出撃直前の別れの水盃《みずさかずき》をかわしている写真、モンペに下駄《げた》ばきの知覧高女の少女たちが、八重桜の枝をふりながら特攻機を見送っている写真、そんなパネルを見あげているうちに、いきなり胸をつきあげてくる熱いものをおぼえ、とめどもなく涙があふれてきた。ここには、三十七年前のあの時間が、まだ生きていたのだ。

福元をうながして館を出たわたしは、特攻観音境内に建っている特攻英霊芳名碑のほうに歩いていった。碑は、台石の上に大きな衝立《ついたて》状の御影石《みかげいし》を建て、その石の肌《はだ》に、知覧を出撃したおびただしい数の隊員たちの名を刻んでいる。その碑の名簿を目で追っていた福元が、だしぬけに、

「ここに、お前ン《ま》さの名が……」

昂奮《こうふん》した福元の指先の、そこに刻みこまれていた文字をみて、わたしは声をのんだ。それは、まぎれもないわたしの本名であった。

（なぜ、おれの名がここに……）

夕がた、鹿児島のホテルに帰ったわたしは、持ってきていた特攻資料を繰って、あの特攻英霊芳名碑のなかの〝わたし〟の名をさがした。そして、ようやく『特攻作戦の全貌《ぜんぼう》KAMIKAZE』デニス・ウォーナー著と、『六航軍関係特攻出撃隊の階級別氏名一覧』のなかに記録されているその名を発見した。それによると〝わたし〟のその名の若者は陸軍特別攻撃隊第百五振武隊員で飛行学校も階級も同じで、昭和二十年五月二十五日、第八次総攻撃に出撃散華。この日、九州は曇り空で、沖縄海域は雨天。知覧、万世、都城東《みやこのじようひがし》から出撃した特攻七十機。そのうち敵艦船に突入するもの二十四機……であったという。

午後七時、福元がまた迎えにきてくれた。鹿児島少飛会の事務局になっている先輩の料亭で、同期生たちが集って歓迎の席を設けてくれたのである。次つぎに運ばれてくる焼酎《しようちゆう》と薩摩料理のなかで、敗戦と共に消滅してしまった母校や戦場談に話がはずんだ。ながく離れていた故郷にでも帰ったような、そんなあたたかさが感じられる集まりであった。戦友会にありがちな、軍歌を高唱しようというものもなく爽《さわ》やかな酒席であった。

その、歓談のなかでわたしは、あの碑のなかの〝わたし〟に心当りがないか訊《き》いてみた。先輩や同期のものにも、わたしと同名異人（?）のその若者には覚えがないら

しかった。お前の名を刻んでいるのなら、それはお前にちがいないじゃろ。それよりも、ま、

「ダレヤメ（疲れ直し）にもう一杯《いっぺ》」

同期の誰彼は、そう言いながらかわるがわるわたしの酒盃《しゅはい》に焼酎を満してくれた。

宴がおわったあと、福元をさそって天文館通りにでた。このまま宿に帰って寝るには惜しい夜であった。酒亭の隅《すみ》の座敷に坐《すわ》りこんで飲みながら、福元はわたしのために、唄をうたってくれた。

〽大隣岳《おんないだけ》から　下《しも》ん原《は》ゆ見れば
　からす大根葉《でこんば》が　今おだつ
　　ホッソイホーッソイ
　どこじゃだがよか　かがよかばってん
　瀬世じゃ門園《かどぞ》の　権右衛門《ごんによん》チョゲザ
　　ホッソイホーッソイ

低い、心に沁《し》みるような知覧節であった。福元の唄をききながら、わたしは来年も、そして再来年《さらいねん》もまた知覧へ来ようと思った。五月二十五日、沖縄天号作戦で特攻散華したわたしと同じ名の、あの若者の鎮魂のために。

第一話　心充《み》たれてわが恋かなし

岩尾光代の語る――

「タバコの吸いさしが二ツ。戦後三十八年経《た》って、巻紙は変色し、銘柄《めいがら》ももう定《さだ》かではありません。

伊達智恵子にとって、この〝吸いさし〟が婚約者だった第二十振武隊の穴沢利夫少《しょう》尉《い》（特操一期）の遺品なのです。

ふたりが交際をはじめたのは昭和十七年一月。その前年、当時、文部省図書館講習所の生徒だった智恵子は、夏季講習の東京高等歯科医学校図書館で、二つ年上の利夫と知りあいました。利夫は、図書館講習所を卒業して、中央大学の学生でした。

交際といっても、ほとんどが手紙の往復。学生の男女がつきあうなどということは『はしたないこと』とされていた時代のことでした」

穴沢利夫（少尉、第二十振武隊）**の手紙――**

〈智恵子へ

陸鷲《りくわし》志望について「我儘《わがまま》ばかり申して申訳なく……」とあなたに言はせた僕は全く果報者でした。僕は今自分の希望を達し、十月一日に陸鷲として入校することに決定しました。採用許可の喜びに心は躍りながら、電車の吊革《つりかは》に下りながら窓に映る自分の顔を睨《にら》みつづけてゐるうちに、魂の底深く焼きつけられたあなたの顔が何度となく重り合つてきました。

万葉集にこんな歌がありました。

　ますらをと思へる吾《われ》や水茎《みづくき》の水城《みづき》の上に涕拭《なみだぬぐ》はむ

かつてなかつた喜びに言ひ現《あらは》すべくもない気持でありながら僕は今この歌と同じ気持を味はつてゐます。

でも僕は安心して行くのです。

僕が唯一《ゆいいつ》最愛の女性として選んだ人があなたでなかつたら、こんなにも安らかな気持でゆくことは出来ないでせう。亦《また》とない果報な男であつたと再び言ひます。どんなことがあつても、あなたならきつと立派に強く生きてゆけるに違ひないと信じます。

山本元帥《げんすい》の尊い死、近くは竹の園生《そのふ》の御生れでありながら一将士として散華《さんげ》された伏見伯、どうして僕等が生きてゐられませうか。若い熱しきつた今にも奔流せんとする血潮をどうして押へておくことが出来ませうか。

僕等が現在、祖国の運命を左右せんとする航空決戦に赴かんとするのは全く自然の勢です。已《や》むに已まれぬものなのです。

僕は今あなたとの交りを一つ一つの思ひ出で以《もつ》て生き生きと甦《よみがへ》らせようとしてゐます。

あなたが〝ぐらぢをらす〟を持つて来て図書室の花瓶《くわびん》にいけてくれた日の夜、僕は誰もゐない部屋でそれを写しました。（同封します）

今年に入つて一月二十四日の日曜のことは……「大事なこと」と前置して話してくれたこと。……僕はやつぱり、あなたとの生活を夢見続けてゐたのでした。馬鹿《ばか》なことだつたとあなたは言ひ切れますか。

でも、僕にとつては自分の将来の生活は、あなたとの家庭生活以外に想像し得なかつたのです。

然《しか》し、いまの僕は未来の世界を信じませう。きつとそこで結ばれるに違ひない未来の世界を信じます。

病気で九州へ去つた時、僕は生れて初めて祈りの心を知りました。祈らずにはゐられない気持を。

実に幸福感に満ちた一日一日を送り得た一年半の生活でした。すべてはあなたがあつた為《ため》に。

わづかな時間を見付けて図書室へ度々《たびたび》寄つてくれたあなたに何と言つて感謝してよいものでせうか。

「もう帰ります」と言はれてがつかりはするものの、その後にこみ上げて来る嬉《うれ》しさ。あなたの魂のみはしつかり胸に抱いて、他はすべて地上に還《かへ》して、あの大空へと飛び立ちませう。

一年後の今日、僕の姿を北か南か大陸か果してその何《いづ》れに見出《みいだ》し得るでせうか。

すでに時刻はかつきり十二時、今夜もまたあるかなしかの微風が部屋に涼しく流れこんで来てますし、蟋蟀《こほろぎ》が暗闇《くらやみ》の中で鳴いてゐる晩です。

あなたの面影《おもかげ》のみ去来する頭を、そつと休ますべき時刻になつてゐます。

ひたすら御自愛を祈りつつ。

　決意
　数ならぬ命なれどもおほろかに思ひはすまじ国護《まも》る身なり
去り行きて行き極めなむ吾《わ》がゆくはみなますらをの道にしあらば

あなたに献《ささ》げます。
冬来《きたり》なば春遠からじといふものを雄々しく生きよ我護らむぞ
昭和十八年九月六日夜〉

岩尾光代の語る――

「昭和十八年十月一日、中央大学を繰り上げ卒業した利夫は、陸軍特別操縦見習士官第一期生として、熊谷飛行学校相模《さがみ》教育隊へ入隊。やがて、昭和十九年春、利夫は台湾高雄《たかお》の台湾第四四部隊岩本隊に配属されて赴任。半年後に内地へ戻って飛行第二四六戦隊に転属。ここから選抜されて特別攻撃隊である第二十振武隊員となりました。

このころには、二人の結婚話が現実化していましたが、福島県駒形村に住む利夫の両親は、この結婚に反対していました。陸軍将校は、教育総監の許可がなければ、正式な結婚は出来ない。申請には親の同意が必要でした。

……智恵子は、二月十三日の夜汽車で三重県亀山に利夫を訪ねました。利夫を訪れた智恵子を見て第二十振武隊の長谷川実隊長は、なんとか二人を結びつけたいと旅館、朝日屋に別室をとってくれました。

別室とはいっても、大広間。部屋に入るとポツンとふとんが一組だけ敷いてあり、突然のことで、二人はびっくりしましたが、智恵子は、連日の猛演習で疲れ切っている利夫を、一刻もゆっくりと休ませたいと、ふとんに利夫を寝かせ、傍に座ったまま、夜通し子守歌を唱《うた》いつづけました。智恵子は、着たきりスズメのモンペ姿。母の心づくしで、モンペとしては最上等の絹の茶絣《ちゃがすり》。物のないときのこと、なけなしの香水がなによりの身だしなみでした。

翌朝六時、まだ暗いうちに、軍服を身につけた利夫は兵営に帰っていきました。凍《い》てついた二月の空に輝く明けの明星が、智恵子の目にいまも焼きついています。帰京後、智恵子は利夫に宛《あ》てた手紙の末尾に歌を書きました。

わかれてもまたもあふべくおもほへば心充たれてわが恋かなし　　　智恵子」

穴沢利夫の手紙――

〈智恵子へ

八日の朝は最後の面接にしては余りに短かすぎた。その上、万感胸に迫り、語らんとして語り得なかつた。

しかし、自分の気持はきつとあなたの心に響いてくれたに違ひない。自分は心から

「智恵子よ強く、そして明るく生きよ」と祈りつづける。いつまでもいつまでも、自分はあなたの生きてゆく正しき姿を見守ってゆく。

いまさら言ふべきこともない。自分は過去に於《おい》て想像もし得なかつた最大最高と誇り得る任務につき得た事を喜ぶのみ。

あなたからのマスコットはあなたの分身に違ひない。常に懐中に秘めて力の限り愛機を駆らう。

最後に、前途の多幸を希《ねが》ひつつ〝さよなら〟を告げる。

昭和十九年三月十一日

〈智恵子へ　　　　〉

小雨の中に（あなたを）送つたあとに、しよんぼりした、たまらなく物足りない、しかもいらいらした感情の交錯に情ない程弱くなつた自分を見出す。

任官も間もない天下の見習士官が、戦闘健児が、かつて南十字星を望み友と感傷を語りあつた時も、黝《くろ》い山腹に見る蛮舎の火を眺《なが》めて虫の声に耳をかたむけた時も、今日ほど弱い自分を見出したことはなかつた。

しかし自分は、明日からの生活に今日の感情の残りが見られる程の生ぬるい鍛へ方をされて来なかつたことを幸に思ふ。じつに台湾での生活は、飛行機が参るか人間が参るかといふ劇《はげ》しい毎日だつたのである。自分は無駄《むだ》にその毎日を経て来はしなかつたのである。

明日から又、今日の感傷を洗ひ去り〝マスコット〟を抱いて勇敢に訓練するであらう自分を信ずることが出来る。

わざわざ遠く一人で訪ねてくれた心に対し、なにも言ひ得ない程の感謝の念で一杯である。

お互ひの感情が、自分がここにかうしてゐる以上は、かならず実を結ぶに違ひない。自分は形となつて現はれたる結実が、自分の私的面の最大の希《ねが》ひであることを明らかに茲《ここ》でつけ加へねばならぬ。

満月の晩の月をみる件は、清らかな月を二人で同じ気持で眺めるといふ素直な解釈をして次の十五夜を待たう。

久し振りで懐《なつか》しいペンを握つて実に嬉しいと思ふ。

ひとりとぶもひとりにあらずふところにきみをいだきてそらゆくわれは

昭和十九年九月二十三日晩

〈智恵子へ　〉

十二月に入つてから思ひもかけず大阪の地から手紙を差しあげるといふ、ただそれだけに非常な喜びを感じつつ、二人の間にどこまで偶然がつきまとふだらうかとも考へながらしたためてゐます。

さうした自分が思ひがけぬ時、しかも何時《いつ》までとも測り知られぬ時に恵まれて、ゆつくり筆を執ることが出来ました。

所詮《しよせん》、いつとはわからぬまでも、おそらく近い中《うち》に還らざる任務に就く自分には、話したいことのみ多く、筋を立てて話すことは出来ないまでも、やはりあなたと直《ぢ》かに二人きりでお話する以外に手はないやうです。

こちらからお訪ねすることの出来ないのを非常に残念に思ひます。

昭和十九年十二月七日

〈智恵子へ　〉

柏原の駅に（あなたを）送つた翌日、轟々《ぐわうぐわう》の爆音を生《い》駒《こま》、二上、金剛の懐しき峰々に沁《し》み込ませつつ由緒《ゆいしよ》深き河内《かはち》を後にしました。途中、雲と悪気流に悩まされはしたものの士気旺盛《わうせい》にて到着。白雪におほはれたる鈴鹿の山々を渡り、谷に荒《すさ》び吹き寄せる寒気激しき空つ風の中を連日猛訓に精進中。御安心のほど。

幸ひ、亀山の町に戦友と二人で下宿をもとめ、一日の疲労を家族的雰囲《ふんゐ》気《き》の中に慰して畳の上での地方気分を楽しんでゐます。

襟巻《えりまき》は現在持つてゐるものの中で、唯一のあなたの身につけたもの。感ひとしほで四六時中愛用致しをり、戦友の冗談も馬耳東風（マフラーになりたい等と言ふ勿《なか》れ）。元気で。

昭和十九年十二月十六日

〈智恵子へ

取敢《とりあ》へずしたためます。

あなたの書面に接し感謝の心でいつぱいでした。

読みながら、読んだあと、唯々《ただただ》あなたと小生の誠心を、かたい絆《きづな》を以てしても頑迷《ぐわんめい》な（両親の）心を動かし得なかつたことを改めて知り、悲痛に近い無念さを感ずるばかりです……小生は一つ一つと世代を形成してゆく無限の時の流れを思ひます。小生は心の慰安所をひたすらに無限のもの、悠久《いうきう》なもの、広く大きなものに求めます。すべての些事《さじ》を忘れ去り、没我の境にあつて縦横に愛機を駆り得る大空の広さを喜びます。

「大空は魂の故郷」といつかあなたは言ひました。

愛機は操縦者の魂を宿します。飛行機は確かに生き物です。小生は愛機と共に「大空を飛び廻《まは》つてみろ」と世の人に叫びたい気持です。あらゆる私心と欲情をきれいさつぱり忘れさせたいものです。

筆は中心を外れましたけれど、小生は自己の考へを両親の考へ——広くは大人たちの考への中にまるめ込まうとは思ひません。

許されねば許されぬでもよい。自分の考へを押し通して、きれいに見事に散つてゆきたいばかりです。

小生は今までの生活を胎児時代としか考へません。これからを永久に生きる魂の躍り出す時代と信ずるのです。

「別個のはつきりした方針は見出されない」と先に言ひましたけれど、小生は策は弄《ろう》しません。

あなたの来られるまでに明瞭《めいれう》な解決を見付け出しておきます。

それまでは考へを整理しておきませう。電報さへ打つて頂けば喜んでお待ちします。

ではお元気で。

昭和二十年二月（初旬）〉

〈智恵子へ
短時間ながら、あなたの家の雰囲気の中であなたと共にあつたといふことが、どんなに私の心を満してくれたことか。

ほんとに良い人びとを持たれて羨《うらやま》しく思ひます。

昨日の晩、品川駅までの途《みち》すがら〝ヨイショ、ヨイショ〟と荷物の片方を持ちながら〝ああ面白い〟とも言ひながら雪を浴び、積つた雪を踏んでゐたあなたの姿が、遠い昔に読んだ童話の中にでも現れて来さうな気がしてなりません。

まつたく素晴らしい楽しい一時でした。

あなたと共にあることが、私にとつて最上の幸ひであることを改めてしみじみ感じてゐます。そして私自身の気持をみえないもので伝へてくれる神、それらを私は今しづかに信じてゐたいと思ひます。

ありつたけの感情に、乏しい理と知を交へて、あなたを愛しつづけて来た私が、どうしてこのままで……

わたしの気持にひきかへ、あたりは余りに静かすぎます。

安着の報のみに留《とど》める筈《はず》だつたのに、例によつてまとまりのつかぬ儘《まま》かきました。

今朝お訪ねした大平少尉、小島伍長《ごちやう》、共によろしくとのことでした。御元気で。

昭和二十年二月二十六日
〈智恵子へ　〉

書くこともなしに筆をとつたが、つまりは手紙を書くことによつて幾分でもたまらない気持を和げたいと希《ねが》つたからに他ならぬ。

昨夜来、いまだに降りつづける小雨も春の訪れを告げる。誰かが言つた「かうなると、あの素晴らしい青葉、若葉の頃までみて死にたくなつた。段々欲が深くなつて困る」と。

大事の前には未練がましいと捨てさるものではあるが、誰しも心底に抱いてゐる真のそして悲しい願ひであると思ふ。

いま丁度二十時。傍の大平がよろしくとのこと。今晩は三人だけ。静である。呉々《くれぐれ》も御元気で。

わが生命につらなるいのちありと念《おも》へばいよよまさりてかなしさ極む

粉とくだく身にはあれどもわが魂《たま》は天翔《あまが》けりつつみ国まもらむ〉

岩尾光代の語る——

「二人の結婚話は、三月に入ってようやく両親の許可を得ました。

その報告に利夫が、東京港区の智恵子の家を訪ねたのは三月九日。利夫はその足で、目黒の親戚《しんせき》へまわりました。その晩、東京大空襲です。二時間四十分のあいだ十万人近くの生命を奪ったB29二三四機が、東京の空を蹂躙《じゅうりん》し、智恵子は利夫の身を案じてまんじりともしませんでした。

夜明けとともに目黒へ歩いて向った智恵子は、大鳥神社のあたりで、向うから歩いてくる利夫とバッタリ出会い、二人はそのまま目黒から国電に乗りました。電車は、もうあふれるほどの混雑で、身体《からだ》は斜めになったまま離れ離れ、あまりの息苦しさに、智恵子は大宮飛行場へ戻る利夫を車中にそのまま残し、池袋駅で降りてしまいました。これが二人の最後の別れになりました。この最後の訪問のときに智恵子は、ムシが知らせたのか利夫のタバコの吸いさしを二つ、大切にとっておきました。

……だが、智恵子がそれを知るのは、まだ先のことです。

結婚式は三月二十五日、亀山で、と決りましたが、三月十六日、隊長夫人から速達が来ました。隊が都城《みやこのじよう》へ移転したこと、都城で一ヵ月は暮らせるはずだから連絡するまで智恵子と亀山で待つように、という隊長の言葉を伝え、急ぎ亀山へ来るように、との内容でした」

穴沢利夫の日記――

〈昭和二十年三月十六日

北伊勢（亀山）を離る。

ますらをの首途《かどで》送るか梅の花　〉

〈昭和二十年三月十八日
一昨十六日より演習のため大分《おほいた》飛行場に出張せり。
本払暁《ふつげう》より警報。機動部隊来襲せるなり。
午後、爆撃を受く。おほむね四十分にわたり反復附属施設爆撃され、一挙にして姿無し。
来襲機数十余機にして取るに足らざるものなるも、われに邀撃機《えうげきき》一機とてなく、彼のほしいままに任せざるを得ざる状況にして無念やるかたなし。
せめて二機なりとあらば、不充分なるも妨害し得たるものを、返す返すも残念なり。
投下爆弾は五〇キロ、二五〇キロの両種と想像せらる。
十六時頃、グラマン五、六機来り、掃射を加ふ。大型機数機、被爆炎上せり〉
〈昭和二十年三月十九日
警報。B29、艦載機、中国、近畿地区を襲ふ。
二機来る（山本《英》、滝村）。
梅が香に小径《こみち》たどれば海開く　〉
〈昭和二十年三月二十二日

朝来、春雨にけぶり、四囲の山々ことごとく薄雪におほはる。昼近く隊長殿以下三機来る。午後、演習準備せるも雨のため中止。夕刻にいたりバス利用、防府《はうふ》市にいたり駅前、石田屋旅館に投ず。一行、隊長殿以下五名なり（吉田《市》、山本、滝村、小官《穴沢》）。窓をひらけば小山真近《まぢか》に迫り、春雨に濡《ぬ》れる。
街の屋並は恰《あたか》も温泉町を思はせる風情《ふぜい》ひとしほなり。茶を啜《すす》りつつ之《これ》を眺むる吾人《ごじん》は、近く出撃の神機を捉《とら》へ華と散る身なりやと怪しむばかりなり〉
〈昭和二十年三月二十五日
十三時半、防府飛行場発、都城へ向ふ。
高度二五〇〇附近まで烟霧《えんむ》のため視程二キロ程度なり。別府湾に至るの間しかり。
十四時半、都城東飛行場着。
一〇一Fすでに在り。迎へを受く。兵舎は半地下（三角兵舎）、山に囲まる環境よし。
〝かかる所に住まば長生きすべし〟と友言へり〉
〈昭和二十年三月二十六日
朝は少しく霜おけるを見、相当の冷えを感ずるも、陽の昇ると共に頓《とみ》に暖かし。さすがに九州南部なり。
午後、飛行場踏査せり。一式戦（隼《はやぶさ》）には可なり。将校室内に木蓮《もくれん》、椿《つばき》、桃薫る。

薫風《くんぷう》微々として来り山林の梢《こずゑ》を揺《ゆるが》す。

出撃近きを感ず。書簡を焼く。

残し置きたるは悉《ことごと》く智恵子よりのものにして、燃えたつ炎と共に感また心を揺す。無量なり。

書簡中にみる歌、左に抜萃《ばつすい》し、余香を残さむとす。

わかれてもまたもあふべくおもほへば心充《み》たれてわが恋かなし

こともなげに別るる君とおもひしに町角にしてかへりみにけり

あたたかき心こもれる文もちて人おもひをれば鶯《うぐひす》の鳴く

明日、知覧飛行場に進発の命下る。或《あるい》は直ちに出撃にあらざるや。夕刻、トラックにて都城市に赴く。偕行社旅館に一泊す。私物の整理をなす〉

〈昭和二十年三月二十七日

いよいよ出発。行李《かうり》（父宛《あて》）、書籍（三冊）智恵子宛発送を事務室に依頼す。四ケ月の間、苦楽を共にせし整備隊と別れを告げ、十五時、機上の人となる。整備隊中、涙を流し下をうつむく者多く、出発の我等また断腸の思ひなり。

離陸。煙吐く桜島を右に鹿児島湾を横断するや、微雨ありて雲低し。単縦陣となりて知覧飛行場に進入す。

本夕刻、ただちに徳之島に前進の予定なりしも悪天候のため延期す。飛行団長、一〇三FR長、六五FR長、列席会食せり。後に知覧町に出、旅館に一泊す。微雨依然として続く〉

〈昭和二十年三月二十八日

十六時、出撃の予定なりしも中止。

夕刻にいたり、明未明三時、出撃と決定せり。隊員盃《さかづき》をまはし、ささやかなる食事を済まし、準備のため飛行場に行く。

分廠《ぶんしやう》整備員、準備殆《ほと》んど整はず、遂《つひ》に又も中止となる〉

岩尾光代の語る——

「隊長夫人からの速達をうけた智恵子は、飛ぶようにして亀山へ行ったものの、ぐずぐずしてはいられない思いにかられて「一夜でもいいから、妻として見送りたい」と都城へ向かいました。

三月二十九日、都城、というだけで所在はわからなかったが、それでも、行きあたりばったり、東飛行場を訪ねると、「第二十振武隊は、一昨日、徳之島へ進発いたしました」と告げられ、これで万事終わりかと、智恵子は急に力がぬけてしまいました。

しかし、穴沢利夫少尉《しょうい》は、この時、徳之島ではなく知覧基地にいたのです」

穴沢利夫の日記――

〈昭和二十年三月二十九日
嗚呼《ああ》、われ残されたり。隊長以下七名遂に出発せり。見送る我の姿あはれ〉
〈昭和二十年三月三十日
十六時、吉田少尉、伊藤少尉、滝村少尉、小官（穴沢）四名。勇躍、徳之島に向け出発す。中ノ島附近より天候刻刻悪化し、四機単縦陣となり、雲を縫うて進む。高度五十米《メートル》となる。行手は墨を流したるが如《ごと》く暗し。飛行一時間十分。四機諸共《もろとも》雲中に突入せり。瞬間、右に強引なる旋回をなし雲中より脱出せるも、頼みとなる地図をとばし、已《や》むを得ず単機基地に帰還せり。他の三機の運命や如何《いか》に〉
〈昭和二十年三月三十一日
嗚呼、天は我が隊を見捨てたるか。
他の三機の行方知れず。
暗然たり〉
〈昭和二十年四月二日

九時、徳之島より寺沢軍曹《ぐんさう》帰還せり。二十九日着陸時、弾痕《だんこん》に脚を入れ愛機を大破せるなり。徳之島の状況を聞く。

昨一日、山本秋彦少尉出撃、大型輸送船に命中、轟沈《ぐわうちん》せりと。

今二日払暁、隊長、小島伍長出撃、戦果は未《いま》だ知れず。

尚《なほ》三十日、我と同行せる滝村少尉の消息に関しては依然として不明なり。燃料尽きて海中に没したるやも知れず。嗚呼……

十六時、三十振武隊と共に単機を以《もつ》て同行するも、誘導機故障のため再び帰還せり。あくまで武運に恵まれざる我よ。

三十振武隊と共に明日の出撃をはかる。

散る花とさだめを共にせむ身ぞとねがひしことのかなふ嬉《うれ》しさ

〈昭和二十年四月四日

寺沢軍曹、代機を得る。

整備完了を待ちたる上、三機にて出発せむとはかり参謀に具申《ぐしん》す。参謀諾《だく》せり。我隊の整備人員六名来る。何《いづ》れも優秀なる者のみなり。整備の完璧《くわんぺき》を期せむ。

昨日到着せる柴田軍曹を入れ、合せて七名なり〉

前田笙子（知覧高女三年、十五歳、特別攻撃隊担当）**の手記――**

〈昭和二十年四月六日

……整備の方の吹く尺八をきいてゐると二十振武隊の方々が洗濯物《せんたくもの》をおたのみになる。初めからの受持ちだつたのだが、兵舎が離れてゐて飛行機故障で残られた方が三人なので行きにくい。ついでに靴下《くつした》のつくろひをと穴沢少尉さん三足おたのみになる。他の方が「自分のも」と言つて、つくろひ物で午後からは精一杯だつた〉

穴沢利夫の日記――

〈昭和二十年四月八日、曇

夕べ、大平、寺沢と月見亭に会す。憶良《おくら》の「酒を讃《たた》へる歌」を思ひ出す。たまにはよきものなり。

しつとりと雨に濡れる若葉の道を一人歩いてみれば、本然の性格が心の中で頭をもたげてくる。忘れてしまふには余りにも惜しい思ひ出の多くが俺の性格のかげから一つ一つ覗《のぞ》き出る。過去のない男、世の中にそんな男があれば春雨も降りはしまい。若葉も南国の春を伝へまい。

過去、現在、未来と時は流れ、人間に歴史を与へてゆく。悠久《いうきう》なるものへの憧《あこが》れを持ちながら渺《べう》たる時を楽しみ、現在を設定し過去と未来をもつ。矛盾したことと笑つてはいけぬ。果てしない時も、世間の人は己《おの》が人生五十年と同じ長さにきり測れないのだから。

俺も世間の人、こんな短かかつた生涯《しやうがい》の上に過去があり現在がある。人間の都合とか便利とかで永遠なるものを切り断つてはなるまいに。

三十振武隊の整備の下士官が竹を切つて横笛を作つてゐる。火箸《ひばし》を焼いては一つ一つ穴をつけてゆく。間もなく出来上る時を頭に描いてか、時々嬉しさうに口元を綻《ほころ》ばせる。

一つ穴を開けては火箸を火の中に突つ込み、赤く焼けるのを待つ間、吹鳴する時のやうに指をあて脣《くちびる》を当ててみたりする微笑《ほほゑ》ましい様子に、傍から覗きこみながら、かつて智恵子が「歌を詠《よ》みながら戦ひをする日本人はなんと幸福なことでせう」と書き送つてあつたことをふつと思ひ出した。

陣中にある将兵が歌を詠み、あるひは楽の音を楽しむ、静かな半面をもつ人間は確に人間として豊かな人であるに違ひない〉

〈昭和二十年四月九日

終日、雨降りしぶく。

長与善郎著「自然とともに」読み始む。万葉集を読みたし。詩を読みたし〉

〈昭和二十年四月十一日

明十二日、出撃と決定す。

幸、天候も回復せり。

ふるさとに今宵《こよひ》ばかりの命とも知らでや人のわれを待つらむ（菊池武時）〉

前田笙子の手記――

〈昭和二十年四月十一日

晩、二十振武隊、六十九振武隊、三十振武隊のお別れの会が食堂であった。特別九時まで時間をもらって給仕をする。

みんな一緒に「空から轟沈」の歌をうたふ。ありつたけの声でうたつたつもりだつたが何故《なぜ》か声がつまって涙があふれ出てきた。森要子さんと「出ませう」と兵舎の外に出て、思ふ存分、泣いた。私たちの涙は決して未練の涙ではなかつたのです。明日は敵艦もろともになくなられる身ながら、今夜はにつこりと笑つて、酔つて戯《たはむ》れていらつしやる姿を拝見して、ああ、これでこそ日本は強いのだと、あまりにも嬉しく有難い涙だつたのです。それなのに、私たちが帰るとき「お世話になつた、ありがたう」とお礼をいはれた。なんと立派な方々ばかりでせう。森さんと抱きあつて、また、泣いてしまつた〉

〈昭和二十年四月十二日

今日は晴れの出撃、征《い》きて再び帰らぬ神鷲《しんしゅう》と私達を乗せた自動車は誘導路を一目散に走り、「飛行機を待避させてある取違《といたげ》地区までゆく。途中「空から轟沈」の歌の絶間はない。隊長（池田亨）機の擬装をとつてあげる。腹に爆弾をかかへた隊長機のプロペラの回転はよかつた。隊長さんは私たちを始動車にのせて、戦闘指揮所まで送つてくださつた。出撃なさる直前のあわただしい最中なのに、どこまでやさしい隊長さんでせう。

始動車の上から振り返ると、特攻機の、桜の花にうづまつた操縦席から手をふつていらつしやる。

始動車から降りて、桜花の枝を握つて準備線に駆けつけたとき、六十九振武隊の隊長機はすでに滑走しようとしてゐる所だつた。遠いため走つてゆけぬのが残念だつた。隊長機のあと、ブンブンうなりをたてた岡安機、柳生、持木機の九七戦が翼を左右に振りながら飛び立ってゆく。

つづいて離陸する二十振武隊の穴沢少尉さんの隼機が、目の前を地上滑走して出発線に向つてゆく。私たちが一生懸命にお別れの桜花の枝を振ると、につこり笑つた鉢《はち》巻《まき》姿の穴沢さんが、何回も敬礼された。

……特攻機が全部飛びたつたあと、私たちはぼんやりと、いつまでも南の空を見あげてゐた。涙が、いつかあふれ出てゐた。抱きあつて、しやがみこみ、みんなで泣いた〉

穴沢利夫の遺書――

〈数刻後に出撃を控へ、今日までの御家内皆々様よりいただいた御芳情に、遥《はる》か九州南端の基地より御礼申上げます。

万感胸をつき「皆様どうぞお健やかに」と願ふ以外に術《すべ》がありません。

同封の書簡、智恵子様に御渡し下さい。

御尊父様、御母堂様にも御礼のほど宜《よろし》敷く御伝へ下さい。

　昭和二十年四月十二日
孫田健一（智恵子の兄）様〉

〈智恵子へ

二人で力を合せて努めて来たが終《つひ》に実を結ばずに終つた。

去月十日、楽しみの日を胸に描きながら池袋の駅で別れたが、帰隊直後、我が隊を直接取巻く情況は急転した。発信は当分禁止された。転々と処《ところ》を変へつつ多忙の毎日を送つた。

そして今、晴れの出撃の日を迎へたのである。便りを書きたい、書くことはうんとある。しかし、そのどれもが今迄《まで》のあなたの厚情に御礼を言ふ言葉以外の何物でもないことを知る。

あなたの御両親様、兄様、姉様、妹様、弟様、みんないい人でした。いたらぬ自分にかけて下さつた御親切、まつたく月並の御礼の言葉では済み切れぬけれど「ありがたうございました」と最後の純一なる心底から言つておきます。

今は徒《いたづら》に過去における長い交際のあとをたどりたくない。問題は今後にあるのだから。

常に正しい判断をあなたの頭脳は与へて進ませてくれることと信ずる。

しかし、それとは別個に、婚約をしてゐた男性として、散つてゆく男子として、女性であるあなたに少し言つて征きたい。

「あなたの幸を希《ねが》ふ以外に何物もない」

「徒らに過去の小義に拘《かかは》る勿《なか》れ。あなたは過去に生きるのではない」

「勇気をもつて過去を忘れ、将来に新活面を見出《みいだ》すこと」

「あなたは今後の一時《いっとき》々々の現実の中に生きるのだ。穴沢は現実の世界にはもう存在しない」


極めて抽象的に流れたかも知れぬが、将来生起する具体的な場面々々に活《い》かしてくれる様、自分勝手な一方的な言葉ではないつもりである。

――当地はすでに桜も散り果てた。大好きな嫩葉《わかば》の候が此処《ここ》へは直《ぢ》きに訪れることだらう。

いまさら何を言ふかと自分でも考へるが、ちよつぴり欲を言つてみたい。

一、読みたい本
「万葉集」、「芭蕉句集」、高村光太郎の「道程」、三好達治の「一点鐘」、大木実の「故郷」
二、観《み》たいもの
ラファエルの「聖母子像」、狩野芳崖《かのうはうがい》の「悲母観音」
三、聴きたいもの

懐《なつか》しき人びとの声　シュトラウスのワルツ集

四、智恵子

会ひたい……話したい……無性に……〉

第二話　取違《といたけ》にて

取違由来記（碑文）――

神代の昔、海津見《わたつみ》神に二女あり。姉の豊玉姫を川辺《かはなべ》に妹の玉依姫を知覧《ちらん》に封じ給《たま》ふ。姫神、衣《え》の郡《こほり》（いまの頴娃《えい》・開聞《かいもん》のあたり）を出発し鬢水《びんみづ》峠を経て飯野で昼食をとり、白水を経てこの地（取違）に宿り給ふ。玉依姫、性質怜悧《れいり》、川辺の水田寛《ひろ》しと聞《きこ》し召され予《やが》て至らんの意《こころ》あり、翌朝早く出立し川辺に至る。豊玉姫やむなく知覧を領し給ひぬ。依《より》てこの里を〃取違〃と言ひ伝ふ。

大正六年四月建之　知覧村

知覧基地の特攻隊員たちの宿舎は、飛行場周辺の松林のなかに散在していた。それは半地下式、木造バラック建ての風通しのわるい粗末なつくりで、三角形に組んだ板屋根を、じかに地べたに置いたようにみえるところから三角兵舎とよばれていた。兵舎の内部は、中央に通路の土間があり、両側は一段高い畳敷きの床で、藁布団《わらぶとん》に毛布をかけて寝袋状にしたものが四十ほど敷き並べられている。隊員たちは、このじめじめした三角兵舎で死の出撃を待ち、うす暗い裸電球の下で遺書を書き、だまって出撃して行った。

戦況が悪化し特攻出撃が激しくなると、出撃してがらんとした兵舎は、すぐにあたらしい隊員でうずめられた。

川野軍曹《ぐんそう》が、名古屋の小牧飛行場からここにきて、もう一週間たっていた。川野の出撃が遅れたのは、雨期のためであった。

薩南《さつなん》の梅雨は雨量が多く、川野たちのいる三角兵舎のなかも水びたしになり、脱いでおいた航空長靴《ちょうか》がぷかぷか浮いてただようという始末であった。

そんな三角兵舎のなかで、雨の音を聴きながら最後の刻《とき》を待って、じっとしているのはたまらないことであった。だから川野たちは、いつも取違部落の入り口にある青年小屋（集会所）に出かけていた。

集会所は、滑走路から二、三百メートルほど離れた、竹やぶを背にして建てられた木造十坪ほどの、普段は小、中学生が夜の自習に集まってくる場であり、先輩たちから勉強を学ぶ場所であった。そしていま、やがて死地へ発《た》っていく特攻隊員たちの、人生最期《さいご》の憩《いこ》いの場でもあった。

隊員たちは飛行訓練のない雨の日などは、午後からこの集会所にあつまってくる。ここには土地の人びとや婦人会や女子青年団がきていて、隊員たちのために湯茶を接待したり、時には歌や踊りをみせてねぎらっていた。しかし、その歓待をうける隊員たちの顔ぶれは、めまぐるしく移り変っていった。村の人たちは、あと数日この世に生きていることをゆるされた若い隊員たちのために、胸元にこみあげてくる悲痛な思いを抑えて、つとめて明るい表情で振舞い、隊員たちのもてなしに心をくだいていた。隊員たちにも、その好意は痛いくらいにわかった。村びとたちに感謝をしめすには、その慰めを躰《からだ》いっぱいにうけることしかなかった。隊員たちのなかにも、元気のいい三十振武隊の池田強伍長《ごちょう》のように、

「よしきた、こんどはオイラの番だ！」

と、唄《うた》っている娘たちの仲間入りして、

〽昔々その昔　爺《じい》さんと婆《ばあ》さんがあったとさ
　　　　　　　　ヨイヤサ　キタサ
爺さんは山へ柴刈《しばか》りに　婆さんは川へ洗濯《せんたく》に
　　　　　　　　ヨイヤサ　キタサ

ドンブリゴッコ　ドンブリゴッコ流れくる　婆さんはそれを拾いあげ

ヨイヤサ　キタサ……

など道化《おどけ》た身ぶりで踊りだし、彼女たちを笑いころげさせる者もいた。

川野軍曹が秋本カヨを知ったのも、そのころのことであった。

川野がみたカヨは、列をつくって歩いてくる女子青年団の最後尾で、いつも一人だけ自転車にのっていた。カヨは、さびしい顔だちの娘であったという。集会所に奉仕にきても、他の娘たちのように、隊員たちと親しげに喋《しゃべ》りあうわけでもなく、隅《すみ》の囲炉裏の傍にひっそりと坐《すわ》りこんでいた。カヨの役目は、湯を沸すことだけであった。

川野はそんなカヨが、集会所のざわめきのなかで自分にそそいでいる、目にみえぬ視線を、どこかに感じていた。そんなことが、何度かあった。

その日も雨であった。

他の隊員より一足先に帰ろうとした川野は、土間におりて飛行靴《ひこうぐつ》をはいていた。その背に川野はまた、ひとすじのカヨの視線を感じた。川野は振返ってカヨを見た。川野の、とがめるような鋭い眼差《まなざし》にカヨは狼狽《ろうばい》した。顔をこわばらせて眼を伏せてしまった。

川野は外にでた。雨が止《や》んで、集会所と向いあっている取違神社の鳥居の上に淡い月がでていた。川野は雨あがりの道を歩きだした。と、その背後《うしろ》からひとりの娘が駈《か》けてきた。

「川野軍曹どの……あの子、秋本カヨさんのこと気をわるくしやらんでください。カヨさんは内気なのです。だから、川野さんと話したいと思っていても、自分から話しかけられんとです……でも、川野さんに貰《もら》っていただくために、これをこしらえていたんです」

そういうと岩間チエ子は、怒ったように手荒く川野の手に小さなマスコット人形をおしつけ、駈けもどっていった。

人形は、特攻人形とよばれる裁ち残りの美しい端切《はぎ》れでつくった女の人形で、これをもっていると身替りになって、隊員たちのかわりに人形が死んでくれるのだと女学生たちは信じていた。だから飛行機乗りたちも、この人形を腰に吊《つる》し、縛帯《ばくたい》にむすびつけ、操縦席のなかにぶらさげたりしていた。けれど、人形が彼らの身がわりになってくれたことなど滅多になかった。

川野が出撃したのは、その翌日の午後三時であった。

知覧基地は、民間人が飛行場に近づくのを厳しく禁じていた。が、特攻機の出撃はいつのまにか、誰からともなく洩《も》れて、かならず家族や村びとたちが見送りにきていた。肉親や親しい人びとは隊員の姿をもとめて狂ったように走りまわっていた。

出発線で待機している川野の目のなかに、岩間チエ子と自転車に乗ったカヨの姿がみえた。そのカヨの自転車が途中で横転し、コンクリートの上に投げだされるのが見えた。チエ子はカヨを抱き起して、カヨに肩をかして走りつづけた。が、その走りかたは、ひどく不均衡であった。

「カヨさんは足が不自由なんです……だから、川野さんにも自分の気持を……云《い》えなかったとごわんそ」

チエ子は喘《あえ》ぎながら、泣くような声をゆすりあげた。

(そうだったのか)

川野はカヨをみた。カヨは小さな肩をふるわせ、懸命に川野を見あげて涙をこぼしつづけていた。

そんなカヨに川野は、みどり色の縛帯に結びつけたカヨの特攻人形を軽く叩《たた》いてみせた。

「知覧に来て、よかった。この人形と二人で突っ込めるからな」

そう言いながら川野は、首に巻いた純白のマフラーをとり、カヨの手に握らせてやった。そして川野は急にきびしい顔つきになり、踵《かかと》を鳴らして二人に挙手の礼をした。

（ありがとう……ありがとう）

そうでもしないと、いまにも涙があふれてきそうであった。川野は、その思いを断ち切るように背を返して、搭乗機《とうじょうき》のほうへ走りだした。

川野らの六機の九七戦は、やがて黒く光る二百五十キロ爆弾を抱いてよろめきながら飛びたち、飛行場の上空を旋回しながら隊別に三機編隊を組み、組みおえると機首を戦闘指揮所に向けて急降下し、そして全機、三度、翼を左右にふりながら最期の別れを告げ、蒼天《そうてん》に翔《か》けのぼり、開聞岳の彼方《かなた》に消えていった。

――が川野は死ねなかった。油圧調整弁の故障で、黒煙をあげて絶海の孤島、小宝島に不時着している。

豊増幸子（特攻機整備班、女子挺身《ていしん》隊員）**の語る――**

「私たちの整備した特攻機は旧式のおんぼろの九七戦で、それはひどいものでした。機体の鋲《びょう》はネジを締めてもとまらないし、燃料タンクは穴があいて……油が洩れてくるその小さな穴に、私たちは泣きながらボロ布を詰めるしかなかったのです」

川野は、ひと月あまりこの島ですごした。民家が一、二軒しかないこの小島に、救援のくる見込みはなかった。そんな川野の頭上を、毎日のようにアメリカ空軍の戦闘機やB29の編隊が轟々《ごうごう》と爆音をあげて飛んでいった。

孤島での川野は、そのころの、B29爆撃機三十機による知覧大空襲の惨害を知る筈《はず》もなかった。

すさまじい爆撃であった。三角兵舎のあった取違地区は焼夷弾《しょういだん》が投下され、民家全焼四十戸、集会所三棟炎上、地区の家の大半は機関砲で撃ち抜かれ、死傷者が続出した。その死者の、女子青年団の死者三人のなかに、取違神社の護符を縫いこんだ特攻人形を川野におくった秋本カヨの名もあった。

第三話　海の自鳴琴《オルゴール》

小松原洋子おねえ様

お元気ですか。はじめてお手がみを書きます。私は×××町の国民学校三年（鹿児島県川辺《かわなべ》郡加世《かせ》田《だ》町、加世田国民学校初等科、九歳）の地頭所洋子です。私はあなたのなつかしいお兄様、小松原ぐんさう（軍曹）としりあひです。

先月の二十二日の夕方、私の家の前の大きなりよかん（旅館）ひりゅうさう（飛龍荘）に××（特攻）隊の兵隊さんが来ました。××隊といつたら、はつと思ひあたることでせう。

さうです。小松原ぐんさうも居ました。あくる日に出げき（撃）といふことでしたが、それからは雨、雨、雨と雨ばかり降りましたので、出げきは一しうかんのび、十日のびました。

私は友だちの川畑ノブちゃんと益山君子ちゃんと陣上さとちゃんとで兵隊さんのゐもん（慰問）に行きました。そして「きさまとおれとは同期のさくら」や「空からがうちん（轟沈）」を大きなこゑで歌つてあげました。××（特攻）人ぎやうをつくつてあげました。二かいのへやでチクオンキをかけたり、トランプあそびをしました。雨がやむと、みんなで外に出て「かりオニごつこ」をしてあそびました。私のあひては、いつも小松原ぐんさうでした。

なぜつて言ふと、私の名前が洋子おねえ様とおなじだつたからです。私はぐんさうに背おはれて大坊が丘の下をどん〳〵かけまはりました。

××隊は、勇かんで、やさしい兵隊さんばかりでした。

若いのに口ヒゲをはやした毛利隊長さん。手品のすきな古山ぐんさう。いうれい（幽霊）のまねばかりしていた有馬五ちやう（伍長）。いつも大きなこゑで「洋子ちやん」とよぶので、耳がいたくなつた吉本五ちやう。おしやれでクリームのにほひをぷん〳〵させてゐた東野五ちやう。みんなたのしい飛行兵でした。いつも私たちきんじよ（近所）の子どもをあつめて歌をおしへてくれたり、かんパンをわけてくれたりしました。

小松原ぐんさうはハモニカで、みんながちゆうもん（注文）する歌をじやうずに吹いてやりました。聞いてゐて私はうれしくなりました。

ぐんさうは、ばん（晩）おふろから上ると、私の家によくあそびに来ました。ぐんさうが来ると、お母さんは大いそぎでからいもの油あげ（唐芋、さつま芋のてんぷら）をつくります。ぐんさうは、からいもの油あげが大すきです。お皿にもりあげたからいもを、水をのみながらうまい〳〵と食べてゐました。私は、ぐんさうが大すきです。

ぐんさうからハモニカをおしへてもらひました。私は唱歌がすきです。ぐんさうみたいに早く、なんでも吹けるやうになりたいのですが、へたくそで、いつまでたつても「白地に赤く日の丸そめて　あゝうつくしや日本のはたは」だけで、がつかりします。

五月二日のばん、十時ごろ、ぐんさうは家に来ました。そして、私にやつてほしいと言つて航空りやうしよく（糧食）のドロップやチョコレートなどマクラもとにたくさんおいてゆきました。そのとき私はもうねむつてゐたのです。私が眼をさましたのは、うんめいの五月三日の朝、七時ごろでした。そのころ××隊はもう飛行場から飛び立つて、出げきしてゐたのです。

私たち、ノブちゃん、さとちゃん、君子ちゃん、みんな校てい（庭）のすみでわん〳〵なきました。「勝利の日まで」を歌つて、また、なきました。

その日のゆふがた、とつぜん、ぐんさうがやつて来たので、私はびつくりしました。お父さんもお母さんもおどろきました。お父さんは、

「小松原さん〳〵」

と言つて、手をにぎつたり、かた（肩）をたゝいたりしてゐました。お母さんはぼろ〳〵なみだをこぼしてゐました。

とちゆうで飛行機がこしやうして引き返して来たのです。こしやうは吉本五ちやう（伍長）と二機で、隊長さんたちとわかれて××き地（万世《ばんせ》基地）へ引き返すとちゆう、吉本五ちやうは海に落ちて死にました。

いつしよにばんごはんを食べることになりました。お父さんはせうちう（焼酎）の用い（意）、お母さんはからいもの油あげをつくることになりましたが、どうしたことでせう、みんなあわてゝ、お父さんは足もとにあるせうちうのつぼが見えずうろ〳〵して、お母さんはおなべに油を入れるのをまちがへてすを入れたり、みんなしつぱいをして大わらひしました。

「夕ごはんまでのあひだ、ちよつと洋子ちやんをかります」

ぐんさうは、さう言ふと自転車のうしろに私をつんで、加世田の駅前の坂下写真くわん（館）に行きました。

二人ならんで写真をとることになりました。飛行ふくを着てイスにすわつて軍刀をもつてゐるぐんさうのそばに立つてゐると、うれしくて、かなしくて、へんな顔になつてしまひました。写真をとる人が、

「おぢやうちやん、につこりしやンせ、はい」

と言ひました。けれど、さう言はれるとよけいにな(泣)きさうな顔になつてきます。見てゐて、ぐんさうは笑ひながら、

「さあ、ハモニカをあげるから、につこり笑つて」

と飛行ふく(服)の物入れ(ポケット)からハモニカを出して、私にくれました。私はうれしくて〳〵たまりません。りやう(両)手でハモニカをもちました。そのとき、ぼおんと音がしてマグネシウムが光りました。写真がうつりました。

かへり道、私は家につくのがまちきれないで、自転車のうしろでハモニカを吹きました。ハモニカは、ぐんさうのにほひがしました。たばこのにほひでした。私は、むちゆうで「白地に赤く」を吹きました。それが終ると、こんどはぐんさうが、片手で自転車をうんてんしながら「野ばら」を吹きました。そして、雨にびしよ〳〵ぬれた道を走りました。

そのばん食事のあと、私はまたハモニカをおしへてもらひました。八時ごろ、ぐんさうはむかへに来た自動車で飛行場へ行きました。あした朝はやく出げきするから、ひりゆうさう（飛龍荘）にはとまれないのです。お父さん、お母さんと私、それに、ひりゆうさうの山下のをぢさん、をばさん、おねえさんたちもみんな出て見おくりました。にだい（荷台）の上からぐんさうは男らしく、りつぱなけいれい（敬礼）をしました。

そして私をみて、飛行ふくの物入れをおさへてわら（微笑）ひました。これは、ひみつですが、物入れの中にはオルゴールが入つてゐるのです。ハモニカのお礼に私があげたのです。それは、私が国民学校（小学校）に入つた入学きねんに、しやんはい（上海）にゐるお父さんのお兄さんからいたゞいた小《ち》つちやなオルゴールです。××（万世）から沖なは（縄）まで三時間もかかるさうです。そのあひだ（間）さうじゆうせき（操縦席）の中で聞いてゐてほしかつたのです。オルゴールなら、さうじゆうしながらでも聞けます。ネジもいつぱいまいておきました。曲は、をとめのいのりです。

出げきは午前六時でした。

私はお母さんにおこされ、眼をこすりながら、ひりゆうさうのうしろの大坊が丘にのぼりました。

まつてゐると、やがて、空いつぱいのばく（爆）音がひびいてきます。××（特攻）隊の出げきです。一機、二機、三機、黒いばくだん（爆弾）をかゝへた××機が上空で大きくせん（旋）廻《くわい》します。そしてもう一回。

お父さんは、日の丸のはたをぐる〳〵ふりまはしました。すると、大きくつばさをふつた三番機から、すうつと白いものが落ちてきました。

ぐんさうと約束してゐた通信とう（筒）がマフラーをくゝりつけて落ちて来たのです。そしてそのまゝ××機はがう〳〵と飛んで行きました。

ぐんさうからの通信とうは、

〈地頭所のお父さん、お母さん、洋子ちやん、色々と有難う御座いました。僅《わず》かの日数でしたが、小生には、終生忘れ得ぬ楽しい想《おも》ひ出でした。では、元気で征《い》きます。必ずや皆様の御期待に添ふべく、潔《いさぎ》よく散ります。御厚情を感謝します。いつまでも御元気で、さやうなら。

洋子ちやんのオルゴール愛機に乗せて我は体当り〉

と書かれてゐました。

昭和二十年五月四日、ぐんさうどのはみごと敵空母に体あたりしました。

この日こそ、私が一生忘れないかんげき（感激）の日です。小松原ぐんさうは、勇かんな飛行兵でした。日本人の中の日本人でした。

出げきの前のばん、うち（家）のおふろに入つて、そのあと、ゐま（居間）のた、みの上でかみ（紙）のはしにえんぴつで住所を書いて「洋子ちやんとおなじ名前の国民学校五年生のいもうとがここにゐる。洋子ちやんからお手がみを出して、友だちになつておくれ」と言はれました。

やさしい私の大すきなぐんさうは、もうゐません。けれど、私も小さくても日本女子です。どんなかなしいことや、くるしい時があつても、ぐんさうどのや××隊の英れい（霊）のことを思ひ、しんばうしようと思ひます。その決心で、私も洋子おねえ様といつしよに、日本の小国民としてはぢない女の子になり、じゆうご（銃後）を守りたいと思つてゐます。ともに、勝利の日までやりませう。

きのふ（昨日）学校から金子先生（補助訓導）のいんそつで吹上浜へ行きました。海さう（藻）とりです。それをほして代用食にまぜるのです。

吹上浜の海の向ふは東支那《ひがしシナ》海《かい》です。私たちはわあ〳〵さわぎながら浜べに吹き寄せられてゐる海さうをひろひました。ひろつてゐると川畑ノブちやんがそばに来て、

「とつこーの兵隊さんたちや、この海の上を飛んで行きなさつたのぢやなあ」と言ひました。「さうぢやなあ」と私もさう言ひました。二人でながいあひだ海をみてゐました。海をみてゐると、なみだが出てきました。そして金子先生から「ぼんやりしとらんで、早くひろはんか」としかられました。私とノブちやんは、顔を見あはせ、先生に見えないやうにした（舌）を出してやりました。そして海の水をすくつて、じやぶ〳〵と顔を洗ひました。そしてまた海さうをひろひました。

　顔を洗つたとき、私はふつと、遠い〳〵向ふの青い海の底にしづんでゐる小松原ぐんさうの、飛行ふくの中で鳴つてゐるオルゴールの音を聞いたやうな気がしました。けど、それはノブちやんにも言ひませんでした。

　吹上浜からかへつてくると、写真くわん（館）でうつした写真が出来てきてゐました。一枚おくります。

　洋子おねえ様もます〳〵一生けんめい勉強して、お兄様にまけぬやうがんばつて下さい。私も勉強してゐます。勉強のあとハモニカで「野ばら」のれんしふしてゐます。

　ではお体を大切に　　さやうなら　かしこ

地頭所洋子より

第四話　第百三振武隊出撃せよ

岩井八重子様

はじめてお便り致します。私は八重子様のお兄様、岩井定好伍長殿《ごちやう》（少年飛行兵十五期、十八歳）の最後の基地××出発の際、奉仕にまいつてをりました××高女の中野ミエ子です。

岩井伍長殿出撃の日まで五、六日お世話を申しあげました。岩井伍長殿は無口でしづかなお方で、私たちにも朗らかにやさしく接してくださいました。出撃される前の日の夕がた、故郷のお友達の方へ最後のお便りを書かれてそれを私に出してほしいとお頼みになりました。この××基地からの手紙は禁止されてゐますので、君のお家の住所と姓を借りるよといつてお書きになつたのを、私が投かん（函）いたしました。岩井伍長殿のこの最後のお便りが八重子様のところへ着いたころは、みごとに敵艦を轟沈《がうちん》させて、安らかにお眠りになつていらつしやるころです。

出発は四月十三日、十三時十分。岩井伍長殿は雄々しく発《た》つて行かれました。

中野ミエ子（鹿児島県川辺郡知覧《ちらん》町、知覧高等女学校三年、特別攻撃隊担当、十四歳）

中野ミエ子様御許《おんもと》江
拝復　只今《ただいま》は御親切なる御手紙を頂きまして、有りがたう御座居ます。厚く御礼申上げます。
私は御手紙を頂きました八重子の父です。幼い八重子にかはりまして御礼を申上げます。
御手紙にてうけたまはれば、このたび愚子、岩井定好があなた様がたに一方《ひとかた》ならぬ御世話様になりました事と存じます。厚く厚く御礼申上げます。御両親様へも宜敷《よろし》く御伝へ下さい。
実は、出来ることなら貴地、知覧町まで御邪魔致し、なにかと御尋ね致したい思ひで居ります。岩井定好本人よりは、
〈最後の通信　元気で行きます　返信駄目《だめ》〉
とのみあるばかりにて吃驚《びっく》り致し居《お》るところへ、十六日には遺品が届いた様な次第にて、たしかに十一日（十三日）の第二次航空総攻撃にて、海に散つた事と存じますが、一目なりと面会が出来たらと、残念に思うて居ります。私方では、御前様を定好

の様に思うて居ります。何か細かい話でも致しませんでしたでせうか。

実は、長男の千代司が一昨年三月五日に、南島コロンバンガラ島にて（陸軍高射砲兵曹長《へいさうちやう》）戦死致し、又、この度は次男の定好が沖縄にて散り、重ね重ねにて涙の日を送り居ります。昨年七月二十七日に兄の村葬がすんだばかりであります。

定好がどんなに元気で、出撃に向かひましたか、そんな事が今になり案じられて居ります。大勢一緒でありましたか。もう二度と会へないかと思ふと、又しても熱い涙が流れます。定好の写真をとのお話がありましたが、一度遺品を整理いたしまして後日御送り致しますから御待ち下さいませ。

先《まづ》は御礼旁《かたがた》御願ひ迄《まで》。

昭和二十年五月三日

岩井伴一（岐阜県加茂郡上米田村）

岩井伴一様

拝啓　先日のお便り有難う御座いました。身に余るお言葉をいただきまして、あのかはいゝ岩井さんが生きてゐたらと思ひました。仏様の前でその手紙を見せながら、泣いても泣いても（岩井伍長は）生きかへって来られません。

あの日の岩井さんが、飛行帽にお人形（特攻人形）をつるし、椿《つばき》の花を差していつた姿が、いまも目に浮かんで参ります。

お父さまからお手紙をいただいた時、差出人が岩井とありましたので私は一瞬おどろきました。岩井さんがまだ生きてゐて、家の方へ帰つて居て手紙をくれたやうな気がしたのです。ところが名がちがつて居ましたので、がつかりして中を見ますと、岩井さんのお父さんであられましたので、うれしくて読んでみましたら立派なことが書いてあられ、身に余る言葉を有難う御座居ました。私のお母さん達も手紙を見て、涙をぽろぽろとながして手紙はびしよぬれになつてやぶれさうになりました。岩井さんは立派な人でございました。お父さんにも立派な中にもやさしい人でした。

岩井さんは、おとなしくて冗談を言つたり大きな声で歌をうたつたりはしませんでした。岩井さんは前の日に、石切山隊長（少飛五期、少尉《せうい》）殿や同じ少飛の青木伍長、内田伍長、長家伍長殿と出撃いたしましたが、途中まで飛んでいつて、飛行機のこしやう（故障）で帰つて来られました。そのとき、三角兵舎に帰つて泣いて居ましたので、私たちが、

「岩井さん、もう仕方がないのですから泣かゝんで下さい。たつた一日隊長さんたちに遅れるだけですから、泣かないで下さい。こんどは、隊長さんたちに負けゝんごつ頑張《ぐわんば》つて呉《く》いやんせ」

と何度言つて慰めても、岩井さんは、

「ああ、遅れてしまつた……みんなに遅れてしまつた」

と毛布をかぶつて、泣いて居られました。それをみて私たちも、

「特攻に行く岩井さんが、泣いて行かれるのは可哀《かはい》さうだ」

と言つて皆で抱きあつて泣いて居ますと、岩井さんは、

「もういい、君たちが泣かなくてもいい。明日は、おれも隊長たちに負けないやうに見事にやつてみせる」

さう言ひながらも岩井さんは、やはり考へこむやうな顔で、

「しかし、いまごろみんなが笑つて居るだらうな……今日まで一緒に飛んで、一緒に遊んできた戦友と一緒にお国に命を捧《ささ》げたら、どんなに本望か。おれひとり残されたのが……残念で」

岩井さんは、私たちがいくら慰めても駄目でした。でも、私たちは気をとり直して、

「岩井さん、飛行機の故障はすぐに直りもンで。今日のことは、もういくら考へても仕方のなかことですから、私たちと遊びもそ」

私はさう言つて、岩井さんの前にノートを出して「なんでも書いてください」とお頼みしますと、岩井さんは万年筆をとり出して、

残されしひとり あすは一人で征《い》く 独力の体当り

と力づよく書いて下さいました。そして岩井さんは、

「お父さん、お母さんにもういちど会ひたいが、会つたらお母さんはなげいて、一週間ぐらゐ眠らないと可哀さうだから、もう会はない方がいいだらうな……おれは、一目見たら後《あと》は死ぬだけだからよいが、後に残つて思ふ人が可哀さうだからな。けど、死ぬまでに妹の八重子を一目でいいから、ぱつと見て死にたい」

さう言つてゐました。

岩井さんは、一人残つたのが大へんかなしくて、目に涙が光つてゐました。私たちは岩井さんが可哀さうで、三角兵舎のなかにゐて、いつまでもいつまでも帰らないので、他の兵舎の隊員さんたちも「暗くなるから、早く帰りなさい」と言つてくださいましたが、私たちはまだ何時《いつ》までも何時までもゐましたら、外はまつくらになつてしまひました。

「岩井さん、家に行きもそ」

とすすめましたけれども、岩井さんは「いかない」と言ひましたので、私たちも、「では帰りますから、岩井さん心配しないでぐつすりおやすみやんせ。先に行つた人たちは靖国《やすくに》神社で〝岩井のためによか場所をとつておいてやらう〟チ笑つて待つてゐ

て下さることごあんそ」

と言つて、その日は帰りました。

翌日、早く三角兵舎に行つてみますと、

「ゆうべ隊長が、明日は一緒に連れて行くからと言つて帰つて来られたが、目がさめて見たら誰も居なかつた」

と目を真赤にしてゐる岩井さんを見て、私たちは、こんなにまで隊長さんたちを思つて泣いて居たのかと思ひまして、涙がこぼれました。

出撃の日、飛行場にいく時、私が「こんなに雨が降つてゐたら、電報でも打つて、お母さんと面会でもして居られもしたのにね」と言ひますと、

「会つたら又、お母さんは泣くよ。可哀さうだよ」

と言つて居られました。

自動車がきて、それに乗つていく時、岩井さんは、私たちをよく見ることは出来ず、ただ敬礼をして別れて行きました。私たちは岩井さんにハンカチをふつて別れました。

岩井さんは、この日、一人で行かれました（昭和二十年四月十三日午後一時十分、陸軍特別攻撃隊第百三振武隊出撃、発進するもの岩井伍長機ただ一機）。私たちは岩井さんの、ひとりぽつちの九九襲撃機を見上げて、声をだして泣きました。征くのなら、みんな

と一緒ならどんなによかつたのにと言つて、また泣きました。

私のノートに妹さんの名まへを書いて「もう一目でいいから、会ひたいな」と言つて出撃していつた岩井さん。飛行帽に吊《つる》したお人形さんと、椿の花を差していつたやさしい岩井さん。岩井さんは今ごろ、かはい、顔をなさつて隊長さんたちと肩をたたきあつて、笑つて居るでありませう。

お父様、岩井さんが生きてをられましたら、どんなお偉いお方になつて下さるで御座いましたでせうね。けれど、残念ながらもう桜の花のやうに散つて行かれました事を喜ばねばなりませんね。征かれないと、岩井さんはまたあんなに苦しみ、悲しまれますからね。

ではお体に御注意なさつて下さい。

五月十三日　中野ミエ子

中野ミエ子様御許江
御手紙をなんどもくり返して読まして頂いても、あきらめがつきません。しかし、あなた様方の定好への優しい御心づくしの花やお人形、御手紙を喜んで拝見し夢の様思うて居ります。私も諦《あきら》めて見たり、泣いて見たりの日を送つて居ります。

昨年、長男の戦死に際して、

国の為《た》め散りし我子にはげまされ老いてふたたび土にいそしむ

と詠《よ》みましたが、今また次男の定好の為めに、

咲く花も時までまてぬ若さくらけふの嵐《あらし》にあふぞかなしき

岩井伴一

中野様、御笑ひ下さい。

第五話　サルミまで……

ニューギニアは雨期であった。雨は、密林のなかを降りつづけ、よろめくように敗走していく第十八軍の将兵の行く手に泥《どろ》の川を流した。

兵たちの服装は、ほとんど半裸にちかかった。なかには軍靴《ぐんか》を脱ぎすて、裸足《はだし》になっている者もいたが、いずれも肋骨《あばらぼね》が浮きだし蒼《あお》ぐろい顔の、飢えて病み疲れた躰《からだ》を引きずって、木の根や蔓草《つるくさ》につかまりながら匍《は》うようにすすんでいった。

（サルミだ……。サルミの基地まで辿《たど》りつけば……）

青野軍曹《ぐんそう》は、朦朧《もうろう》とした意識のなかで喘《あえ》ぐように呟《つぶや》いた。

青野が歩いていく両側は、兵たちがかなぐりすてたおびただしい銃や鉄兜《てつかぶと》や雑嚢《ざつのう》や、倒れ、うずくまっている兵たちの列ができていた。泥水に顔を伏せて動かないのは、すでに息絶えた兵なのであろう。

（サルミまで行こう……）

南西太平洋方面最高指揮官であるマッカーサー大将の率いるアメリカ軍が、日本陸軍のニューギニア最大の飛行基地ウエワクの西方、アイタペとホーランディア（現・西イリアンの州都ジャヤプーラ・空港）の二飛行場に激しい艦砲射撃と猛爆を浴せて上陸してきたのは昭和十九年四月二十二日。こうしてポートモレスビー……アイタペ、ホーランディアと攻略され袋の鼠《ねずみ》になった第十八軍（安達二十三《あだちはたぞう》中将）三個師団十四万は、アイタペ奪回に進発する。

この十八軍の隷下《れいか》に、どうしたことか青野ら第六飛行師団、飛行第六十八戦隊（三式戦〝飛燕《ひえん》〟戦闘飛行団）の搭乗員《とうじょういん》、整備員たちがくわわっている。すでに日本軍の補給は杜絶《とぜつ》し、弾薬、糧秣《りょうまつ》も尽き果て、青野たちの搭乗する飛行機は一機もなく、一滴のガソリンもなかったからである。

この十八軍のアイタペ奪回の〝猛〟号作戦で青野軍曹ら六十八戦隊に与えられた任務は、空中勤務者としてではない。アイタペ攻撃の第一線地上部隊に、夜陰にまぎれて物資を担送する輸送作業であった。補給基地ウエワクからアイタペまで約四十五里。一日の担送能力は当時の兵の体力からみて約二十瓩《キログラム》、片道二里が限度で、第一線の兵十名を養うためには、実に六十人もの担送員が必要であった。航空道路隊、それが青野ら担送要員に与えられた新しい隊名であった。しかし、飛行隊員にとって物資輸送、しかも担送という力仕事は容易ではなかった。

青野たちは飛行靴《ひこうぐつ》を地下足袋にはきかえ、肩にめりこむ弾薬箱や南京袋《ナンキンぶくろ》の米をかつぎ、密林に入っていった。そして昼間は、警戒する敵機の目をぬすんで密林の中で、雨にうたれながら木にもたれて眠り、夜は海岸に出て砂浜を蟻《あり》のようにのろのろと進んでいった。

〽弾丸《たま》は降る降る
血烟《ちけむ》りゃ騰《あが》る
越すに越されぬ
ニューギニア
こりゃ　エーイ　エイ

ウエワク飛行場を発《た》つとき手渡された最後の糧秣、靴下一足分の米は、すぐに尽きた。あとは自給自足であった。木の根をかじり草を喰い、青野たちはよろめき進んでいった。だが、この物資の重みと飢えは隊員たちの肉体を急激に衰えさせた。隊員たちは、栄養失調と熱帯性マラリア、アメーバ赤痢に倒れ、ばたばたと落伍《らくご》していった。それでも青野たちは、たがいに声をかけ励ましあいながらジャングルの中を進んでいった。

だが、多くの犠牲をだした青野たちのこの物資輸送も、徒労におわった。第十八軍のアイタペ攻撃が失敗したのである。十八軍は弾薬も食糧もつき果て、やがてはアメリカ軍の猛反撃にあい四散する。

しかし、悲惨なのはこの後の青野たちであった。

「航空部隊に喰わせる米などない」

八月下旬〝航空道路隊〟の任務を解かれた六十八戦隊員は、行く先々の地上部隊から白眼視され、追い払われるようにニューギニアの山河を彷徨《ほうこう》する。その彷徨のなかで、中隊長の垂井大尉《たいい》は、

「これくらいのことでアゴを出してどうするか。元気をだせ。サルミまで辿りつきさえすれば食糧も、三式戦もあるぞ！」

青野軍曹の先輩であり、六十四戦隊（加藤隼《はやぶさ》戦闘隊）以来の上官である垂井光義大尉（少飛一期）は、ノモンハン、マレー以来、撃墜三十八機。ラバウルからブーゲンビル、ガダルカナルの戦闘に参加し、このニューギニアではアメリカ軍の戦闘機リパブリックP47サンダーボルトを最初に撃ち墜《おと》したのもこの不死身のエース垂井であった。

「そうだ、サルミへ行こう！」

隊員たちは、垂井の声に力を得て目をかがやかせた。

サルミ基地には、垂井たちの最高指揮官、第三飛行師団長の稲田少将がいる。こうして青野たち六十八戦隊は、ゲニム・オランダ街道を一路東へ、サルミにむかってひたすら歩きすすんでいった。

けれど、雨中の密林行は言語に絶する難行軍であった。

海抜二千五百メートルを超えるアレキサンダー山系、そしてトリセリ山系の裾《すそ》にひろがる密林は、夜になれば骨にしみるほどの冷気につつまれ、夜が明け、雨がやめば、灼《や》けつく太陽に焙《あぶ》られた樹林のなかは、風が通わないため蒸れて、耐えがたいまでにはげしい暑熱と猛烈な湿気がたちこめる。そのうえ、青野たちの行く手が苦渋をきわめたのは、これらの業苦《ごうく》と飢渇《きかつ》と、一日の便通が六十回にも達するというアメーバ赤痢や、悪性マラリアの高熱と発作……そして、容赦なく襲ってくるブヨと蚊の大群……赤蟻……それと、頭上からばらばら落ちてくる兇猛《きようもう》な吸血虫、山蛭《やまびる》の群れであった。

（生き地獄だ！）

そう思って、怺《こら》えきれずに海岸線にでると、日本軍を掃蕩《そうとう》するため警戒している沿岸監視艇や上空を舞っている戦闘機がすさまじい銃撃を浴びせかけてくる。

この密林の中の敗走は、六十八戦隊ばかりではなかった。十八軍をはじめ、おびただしい数の将兵たちが、蒼ぐろい顔に焦点《めど》を喪《な》くした表情で、のろのろと果てしなく歩きつづけていた。

雨に湿った密林のなかは、吐気を催すような悪臭がただよい、いたるところに屍体《したい》が散乱していた。腐敗して風船のようにふくらんだ死骸《しがい》。絶望を瞳孔《どうこう》に貼《は》りつけたま、泥のなかでこと切れている兵。木の根かたに妻子のものであろう写真をたてかけ、それを拝むように息絶えている者。羊歯《しだ》の茂みや、道のほとりに倒れたまま、生きながら蛆《うじ》に喰われている兵。銀蠅《ぎんばえ》の群がりのなかでうごめいている兵士……。

この密林のなかの道を辿っていくのに、誰も迷うことはなかった。行く手の密林の彼方《かなた》にのびている累々《るいるい》たる白骨と、死体にたかる無数の銀蠅を道しるべに歩けばよかった。その白骨や銀蠅街道がそのまま彼らの〝死〟の世界への道標でもあった。

が、戦場はなお酷薄である。この地獄の街道を潰走《かいそう》する兵たちにむかって、アメリカ軍のP51やイギリス軍モスキートが乱舞し、執拗《しつよう》に機銃掃射をあびせかけた。しかし、杖《つえ》をついて歩いている者、呻《うめ》きながら這《は》っていく兵たちは、頭上に低く敵機の爆音と腹にひびくような連射音を耳にしながら、緩慢な歩みを停めようとしなかった。逃げ散る余力など、すでになかったのである。敵の飛行兵たちは、密林にうごめく日本兵をまるで射撃ゲームでも愉《たの》しむように射殺していった。その銃弾が泥をはねあげるたびに、あたらしい死者と傷者が密林のなかの道にころがった。

また、雨が降りはじめた。

水かさを増した濁った流れが、兵たちの歩みを遅くさせ、間隔をながくさせた。

(サルミへ……)

マラリアの発作の起る直前の、昏《くら》くなる意識のなかで、青野の躰が、ぐらっとよろめいた。草の根を踏んだ足がすべって、重心を失った青野は、そのまま仰向けざまに泥の川に倒れた。

(サルミへ、早く行かねば……)

――だが、そのサルミ基地への転進を叫んで戦隊員たちに希望を与えた垂井大尉は、すでにこの世にない。半月まえ、P51の銃撃をうけて密林のなかに斃《たお》れている。そしてそれよりも、六十八戦隊員たちが目指したサルミ基地に、航空部隊七千人の最高指揮者で第六飛行師団長の稲田正純少将の姿はなかった。

敵前逃亡であった。はるか以前の四月二十二日、アメリカ軍のホーランディア上陸に恐怖した稲田師団長は、ニューブリテン島からニューギニアへ展開して苦闘をつづけている航空部隊を置き去りにして、サルミからマニラへ遁走《とんそう》してしまっていたのだ。

将軍の敵前逃亡、戦場離脱はこの稲田だけではなかった。おびただしい数の若者のいのちを、石つぶてのごとく特攻に投じ、その壮行にあたっては、

「大丈夫ひとたび死を決すれば、ために国を動かす。諸子ひとりの死は皇国を動かし、世界を動かすものである。諸子の尊い生命と引きかえに、勝利の道を開けることを信じている。それでもなお敵が出てくるならば、第四航空軍の全力をもって、諸子の後につづく。この富永も最後の一機で行く決心である」

と刀を振りあげ、口舌にまかせて激励し、いったん戦況不利となるや将兵をすて、フィリッピン、エチャーゲ飛行場から護衛機四機に守られ台湾に逃走し、北投温泉に逃げた四航軍司令官の富永恭次中将もいる。

陸軍刑法

第四十二条 司令官敵前ニ於《お》テ其《そ》ノ尽スヘキ所ヲ尽サスシテ逃避シタルトキハ死刑ニ処ス

青野軍曹は、泥のなかに身を浸したまま昏睡《こんすい》していた。

いつまで眠っていたのだろう。気がつくと、仰臥《ぎようが》した顔に雨が降りそそいでいた。

高熱を発している頬に、その雨滴の冷えがここちよかった。こうしていると、このまま自分の躰が泥水のなかに溶けていくような思いがして、起きあがるのが物憂《ものう》かった。青野は、ぼんやりと虚空《こくう》を見あげた。そのとき青野は、樹林の間の、その眼のなかの狭い空に、微《かす》かな爆音をきいた。なつかしい音であった。その音はしだいに天に満ち、地に反響して青野の耳底に壮快なひびきを揺れあがらせた。

（ああ、三式戦だ……とうとうサルミに着いた。みていろ、こんどは俺が飛んでやるぞ）

すでに死のはじまっている青野の幻視の、その眼のむこう、いちめんに薄雲を刷《は》いた蒼天《そうてん》を、三式戦の編隊がゆっくりと横切っていった。そしてその機影は、やがて掠《かす》れるように……まばたきを忘れた瞳孔の裡《なか》に吸いこまれ消えていった。

雨は、止《や》む気配もなかった。密林のなかの水びたしの青野の顔のまわりで、屍臭《ししゅう》を嗅《か》ぎつけた銀蠅たちが騒がしい羽音をたてて群がりはじめていた。

＊

ニューギニア戦線の銀蠅街道から生還する者、第十八軍の将兵十四万のうちわずか一万三千。航空部隊七千のうち五百。そのほとんどが餓死であった。

第六話　あのひとたち

宮本誠也の手紙――

〈千田梧市様

拝啓　突然の乱筆で失礼申しあげます。わたしは御子息、千田孝正伍長《ごちやう》と最後まで一緒に居《を》りました少飛十一期の宮本軍曹《ぐんさう》であります。千田伍長は、昭和二十年五月二十七日早朝、鹿児島県万世《ばんせ》飛行場より陸軍特別攻撃隊第七十二振武隊員として出撃、敵の空母を海底深く葬《はうむ》り去り、見事、護国の華と散られました。

私は、千田君の愛機、九九襲撃機の持ち主、と申しては変ですが、機付長と言ひまして、飛行機の行くところ常に操縦員千田君の後部座席に同乗し飛行機の整備に当つてをりました者です。千田君が、大きな爆弾を抱へた愛機に搭乗《たふじよう》し最期《さいご》の離陸をする直前、私に、「特攻出撃のこと、家の者によろしく便りねがひます」と申され発《た》つて行きました。で、とるにたらぬ私ではありますが、拙《つたな》い筆にて千田君と過した日々を偲《しの》びつつ、お便りを申しあげる次第であります。

思ひ出しますと、この第七十二振武隊が編成されましたのは今年の四月始めでありました。隊長は朝鮮平壌《へいじやう》第十三教育飛行隊の佐藤睦男中尉《ちうゐ》(陸士五五期)で、第二小隊長は少飛八期の西川信義軍曹、第三小隊長新井一夫軍曹(予備下士七期)、以下、少飛十五期の千田孝正、荒木幸雄、早川勉、久永正人、高橋峰好、高橋要、知崎利夫、佐々木篤信、金本海流の各伍長であります。

三月末、岐阜各務《かがみ》ケ原《はら》飛行場に飛行機を持つていつたとき千田君は、おそらく貴地、扶桑町《ふさうちやう》に帰宅され、大体のことはその時にお聞きになつた事と存じます。

あれから千田君は原隊に帰られましたが、間もなく編成も終り、われわれ機付長共々に平壌から満州……北京《ペキン》南苑飛行場へ出発いたしました。以来、済南《さいなん》から南京《ナンキン》の軍司令部に出向する途中、徐州《じよしう》に進んだとき、佐々木伍長と西川軍曹の二機は徐州上空で敵P51四機の攻撃をうけ、佐々木伍長は戦死。西川軍曹は火傷《やけど》で重傷、隊員は十名に減りました。

そのうち第六航空軍に転属となり、こんどは前とは逆に北京、錦州《きんしう》、平壌を経て五月十七日、千田君たち十機は九州佐賀の目達原《めたばる》飛行場に着陸。一週間ばかり横田村(現・東脊振村)の西往寺といふ寺に宿泊することになりました。

この第七十二振武隊といふのは、隊長殿の佐藤中尉が温厚な人柄《ひとがら》で、和気藹々《あいあい》の部隊でありました。隊員たちも自分たちから〝特攻ほがらか部隊〟と名づけたくらゐ陽気で、愉快な連中の集りでありました。すこしでも酒が入れば……いや、そんなものがない時でも、隊員たちの周辺《まはり》から歌の聞えない事は珍らしいといふ、軍隊特有のいかめしさもこだはりもない、溌剌《はつらつ》とした若さが溢《あふ》れる隊でありました。

そのころの隊員たちのあひだには何のおそれもなかつたのです。上官の顔色をみるとか、かたちだけの軍規軍律にしばられるとか、そんなけちな考へは悠久《いうきう》の大義に生きんといふ隊員たちの大理想の前に全く掻《か》き消えてしまつてゐたのです。すべての行動が自信に満ち、純で神をみる如《ごと》き若者たちでした。ですから、佐賀の村びとの隊員たちへの好意は、他の隊とは問題にならぬほど絶大なるものがありました。毎日、朝から何十人といふ老若男女がやつてきました。リヤカーに酒や卵、アメ、煮染《にしめ》、おすし、などを乗せて。

「このたびはご苦労さまです……これを、どうぞ召しあがつてください」

と涙をこぼし、拝みながら言ひます。

夜になると、村の人びとの中で芸自慢なのが歌や踊りで慰問をしてくれました。が、特攻ほがらか部隊の隊員たちのはちきれるばかりの元気な余興は、かへつて逆に村の人びとを慰問する程でありました。なかでも人気者の千田伍長の陽気な、

〽鉄砲玉とは　おいらのことよ　待ちに待つてた　首途《かどで》だ　さらば
友よ笑つて今夜の飯を　おいらの分まで　食つてくれ

と歌ひながら剽軽《へうきん》な身ぶり手ぶりで踊る特攻唄《とくこううた》は、村の人びとを爆笑させ、そして、涙ぐませました。

佐賀の村人たちの好意は、このやうに非常なものでしたが、二十歳前後の前途有為な隊員たちの将《まさ》に散らんとするを、これを見送るはなむけとしては、決して多すぎはしなかつたと思ひます。でも隊員の方々は恐縮して、申しわけないやうな顔をして居られました。もちろん、「もうすぐ、特攻隊で死ぬんだぞ」などといふ昂《たか》ぶつたところなど、まつたく見られませんでした。なごやかで、若者らしい元気よさがあふれてゐました。

いよいよ明日は鹿児島へ発つといふ日、五月二十四日の夜、皆めいめい、私物の整理をして居ました。手紙を書いてゐる隊員、飴《あめ》をしやぶりながら話をしたり、笑つたりしてゐる隊員。かと思ふと村の人からたのまれた日の丸の旗に文字を書きこんでゐる隊員。千田君は古い手紙やノートを火鉢《ひばち》にくべて居ました。ちよつと読んでは破いて焼き、何か思ひ出す様に、くすぶる煙を見て居られました。思へばあと百時間もない命を、それとなく整理をしておられたのでせう。

二十五日十二時二十分。佐賀、目達原の飛行場を離陸しました〉

福山芳子の語る――

「孝正さんは西往寺の特攻宿舎から私宅へもよう遊びに来よんさいました。来んさると千田さんは、あたしのことをお母《か》さん、お母さんて言うて、御飯の食《た》ぶっ時でん、あたしのすぐ傍《そび》ァすわって、まるでほんな子供が寄りかかっごとして一緒に食べよんさったばんた――。そのとき、『あら、千田さんナ、左手にお箸《はし》ばもって』と言いますと、千田さんは『自分は小さい時から、家に居る時は母の傍で左ギッチョで御飯をたべていた。今日はお母さんの傍だからよいでしょう。他の人の前では決してこんなことをしませんよ』と笑うとんさいました。

千田さんは、いつでン明かるうして歌が上手であんさった。お琴で、荒城の月と数え歌と、白地に赤くの三つを教えてあげますすげんと、すぐ覚えてくんさいました。ばってん、そのお琴ば弾くとでん左手じゃったけん皆で大笑いしましたですたい。千田さんはビールがどがんでん好きじゃっけん、夜九時ごろ来んさったとき『千田さんビール飲みンさるかんた』と訊《き》きますと、『ああ、飲みたい、飲みたい』と頭を掻きんさったけんで、近所の酒屋に相談して手に入れたビールを二本飲み、その晩は泊ってゆきんさいました。ほんに千田さんな、わが子のような気がしてならんとです――。

鹿児島への出発は五月二十五ンち午後五時ちゅうことじゃったけん、そのつもりで居りましたところ、命令が早うなって正午との急電話にたまげて、娘の自転車に乗せてもろうてかけつけましたばってん、十一時すぎの電話に一里余りの道を心ばっかい焦《はや》って道がちょっとでんはかどらず、飛行場に着いた時ゃァもう飛びたってしもうとンなさいました。娘だけ急がせて自転車で走らせましたところ、やっと逢《あ》うことができました。

四番機と聞いておりましたけん、一番低空している四番機に手ば振って『千田さん、千田さん』と呼びかけました。ほんなこと残念でなりませんじゃったばってん、しかたがありまっせんでした。

お母さんはまだかね、まだかねと、それは待っとってくんさったげなです。上官の命令には一時《いっとき》でン猶予《ゆうよ》もできまっせん。バサラカ（沢山）の花束で飛行機イッピャァ（一杯）にかざって、日の丸鉢巻ばしてマスコットば腰にどっさいさげて出発しンさったげな。ちょっとの間じゃったけん話すことは出来ませんじゃったばってん、残っておンさった戦友の言葉で、とても、あたしば待っとンさったとのことですたい。この千田さんは五月二十七日の総攻撃に勇ましゅう体当りばしてくんさいました。

写真は、最初にお招きした翌《あく》る朝撮りました。一緒に写っておンさる婦人の方は近所の人で、いろいろとおもてなしをしてくんさった方々です。いろいろ果てしンなかごと思い出すことばっかいばってん、思うようにお話できまっせん。この写真ナ額に入れて家の子供と一緒に祭棚《だな》におまつりして、朝晩拝んどります」

宮本誠也の手紙（続き）――

〈……最後の基地、加世田の万世飛行場では、我々は整備に追はれて、あまり千田君たちと話をする機会はありませんでした。ちよつと会つたとき千田君は、

「先輩、お金はありますか」

と言ひます。金ならあるよ、どうして？　と訊くと、

「いや、自分は明日でおしまひですから、金など持つてゐても仕様がありませんので、使つて貰《もら》はうと思つて」

と言ふので、それなら御両親のところへ送つておけよ、と申しますと、こんどは、

「これをカタミに貰つてください」

気のいい千田君は、パイプ、搭乗員の遮光《しやくわう》眼鏡、風呂敷《ふろしき》からマスコット人形まで……その他、いろ〳〵なものを私の手に押しつけてゆきました。

いま、私はそのパイプをハンケチでみがきながらさびしく部屋の机にむかつて千田君の面《おも》かげをしのんで居ます。マスコットの特攻人形は、私のズボンの右ポケットの上にさがつて居ます。この人形もきつと、千田君と共に沖縄に行けなかつたことを残念に思つて居るでせう〉

山下ソヨ（特攻隊宿舎、飛龍荘の女主人）**の語る――**

特攻に発つ前の夜、千田さんは窓にもたれッせ〝こんなきれいな星空も、ぼくは今夜で見納めだが、おばさんたちはいいなぁ……いまごろ、おかあさんたちはどうしてるかなぁ〟と、いつまでも星空を眺《なが》めておいもした。

宮本誠也の手紙（続き）――

〈いよ〳〵二十七日が来てしまひました。我々にとつては恐ろしい二十七日でした。こんなに心の通じあつた、若い友達を沖縄の海に散らさねばならないのですから。

その前夜、二十六日から愛機の翼の下でうたた寝をして一夜を明した整備班の我々は、午前四時少しすぎ千田君らのひき締つた顔を迎へました。たしか、いつもとちがつた何物かを私は感じました。神々《かうがう》しいと言ふか、力づよいと言ふか、そんなものを

――。

陽はまだ出て居ません。朝の霞《かすみ》が遠くの山や森を裾《すそ》のはうだけをかくして、南国とは云《い》へ飛行服を通す風が背中にしみ通つて、何か薄ら寒さをおぼえます。千田君は飛行機の所へ来ました。命令をうけて既に空母に体当りだと言ふ自信満々の様子でした。千田君は私の前に、

「先輩、千田の弁当を喰つて下さい」

と風呂敷包みを差し出します。それは千田の朝飯でした。おれはいいよ、千田こそ食つておかぬと戦《いく》さが出来ぬぞ、と言ふと、

「あと三時間もすれば突つ込むのだから、むだですよ」

私は、たうとう風呂敷包みを持たされました。

五時五分前に私の「始動！」の号令で爆音があがりました。全機快調。私は千田君の手に操縦桿《さうじゆうかん》をわたしました。これは死んでも離すことのない操縦桿なのです。車輪止めもはづしました。二度と必要のない車輪止め。

第七十二振武隊は一機また一機と出発線に進んで行きます。千田君は、につこり笑つて私に敬礼しました。轟音《ぐわうおん》をあげてすべりだす愛機。残念です。いつもなら必ず千田君と共に機上の人となるのに、こんどばかりは、一番大切な最後の飛行に取り残さ

れるとは……。

敬礼をする私の手はふるへました。しつかり頼むぞ、千田、いや、千田少尉殿。いよ〳〵離陸です。隊長佐藤中尉機がまづ大地を蹴《け》れば、二番機、三番機と二百五十キロの爆弾を抱いてふたたび踏むことのないこの本土を離れて行きます。

六番機、千田機です。笑つて居ます。手を振つて居ます。目の前を矢の様に通りすぎるともう松林の上にぽつんと後ろ姿を見せて居りました。全機頭上を一回大きくまはると、もう堂々たる編成を組んで居ます。右から二番目が千田機です。そして、一路沖縄をさして、此《こ》の世に束縛なし、思ひ残すことなし、ただ悠久の大義に生きる事のみと、南の空に愛機の見えなくなるまで私達は力のあらんかぎり飛行帽をふりました。見えなくなつた。見ようとして二度と見得ないのだ。万感こも〴〵いたり、私は微笑《わら》つて去る千田少尉殿のまぼろしを追ひました。

「何も言ふ事なく、我幸福なり、大空の華と散り、父母に孝をいたさん。ただ、お元気でよろしくと故郷の父母に便りされたし」

その千田少尉殿の声は、いまも私の耳元にあります。

東の空に陽が昇りはじめ、時に五時十五分。もはや、なんの音もしない飛行場。気がつくと私は、千田君からもらつた弁当入りの風呂敷をぶらさげてつくねんと突つ立

って居ました〉

千田孝正の遺書――

〈孝正、明日愈々《いよいよ》出陣。七時半空母突入の予定であります。莞爾《くわんじ》として出撃いたします。もう二十三時。明日は〇時起き出かけなきやならぬ。月の明かりで書く、字がはっきり読めない為《ため》こんなになりました。

御両親、皆様の健闘を。

孝正は此歳《このとし》二十年、じつに幸福すぎる程幸福に育ちました。神機到来、必沈を期す。明日の出撃のため今晩は早く失礼いたします。兄上たちによろしく。見よ孝正の腕を。我が法名には「純」を忘れない様に願ふ。「あ、悲しいかな」は必要なし。何もぼくは哀《かな》しいわけは一つもない。唯《ただ》、よろこびで一杯なり。それから俺には遺骨なんぞない。大体、俺には墓地なんぞ勿体《もつたい》ない。俺はむしろ墓地より拍手の方が好きだ。

福山さんの所へ行つて下さい。遺書も置いてありますから。

飛龍荘の麗子さんに写真送つてやつて下さい〉

デニス・ウォーナー（オーストラリアの従軍記者）**の記録――**

〈日本海軍の記念日になっている五月二十七日、この日、第五レーダー哨戒《しようかい》地区で陸・海のカミカゼによる集中攻撃をうけた。(陸・七十二、三十一振武隊・十四機。海・菊水白菊隊・二十機)特攻機群は真っすぐに突っこんできた。その態度には、ためらいなどの気配は全然みられなかった。対空砲火を浴びて一機、二機は撃墜されたが三番機は駆逐艦「ブレイン」に激突して士官室を破壊し、爆弾が炸裂《さくれつ》し、何十名かを殺し、多くのものを負傷させた。と、「アンソニー」の前方にいた四番機がすぐさま損傷した「ブレイン」に突入し、二番機の爆弾が甲板で爆発した。艦内は火災が発生し、退艦命令が出され、乗組員の大半は吹きとばされたように海中に飛びこんだ。(中略)駆逐艦「ドレックスラー」は雨と雲のなかをくぐりぬけてやってきた特攻機の一機に砲火を浴びせたとき、別の一機が右舷《うげん》前方に猛烈な勢いで接近してきて「ラウリ」と「ドレックスラー」の砲撃をうけて墜落するように見うけられた。

ところが、その自殺機は「ドレックスラー」におびただしいガソリンを撒《ま》き散らし、一〇個所ほどの火災が発生した。このため、後部ボイラー室と前後部機械室の蒸気パイプが切断された。「ドレックスラー」はたちまち速力が低下し、海上に停止し、艦橋めがけて突進してきた次の特攻機のよい目標となった。

「ドレックスラー」の戦闘報告は、この特攻機のパイロットの覚悟のほどを、いきい

き と次のように描写している。

《……そのパイロットは左舷スレスレに降下したあと、急上昇反転して二番煙突の真上を通りすぎた。私は、彼がこのとき体当りしようとしているのだと考えたが、彼は体当りしなかった。彼はわが艦に体当りするのをミスして海中に突入するように見受けられた。彼の飛行機は機体から煙を出していたが、彼はまもなく海中に突入しそうな姿勢を立てなおした。わが艦右舷の二〇ミリ機銃がこの特攻機に対してふたたび射撃を開始した。（中略）その特攻機は一まわりすると、本艦の真正面から突進してきた。彼はふたたび艦橋に体当りしようとしているように見うけられた。この特攻機は旗旒《きりゅう》信号の揚旗線を引きちぎり、マストをこすり、二番煙突のつけ根の上部構造物甲板、むしろ艦の中央通路といった方が分かりやすい場所にまともに激突した》

「ドレックスラー」の大半の乗組員は、爆発の衝撃で甲板に叩《たた》きつけられた。爆発により破壊された船体の破片が、あらゆる方向に向って何百メートルも飛び散り、油による大火災が発生した。「ドレックスラー」に体当りした特攻機は、時代遅れの旧式機であったにせよ、あるいはそうでなかったにせよ、肝をつぶすような損害をあたえた。特攻機が命中してから五〇秒足らずで「ドレックスラー」は転覆して艦尾から沈んでいった〉（妹尾作太男訳）

松元ヒミ子（女子青年団員）**の語る――**

「日本を救うため、祖国のために、いま本気で戦っているのは大臣でも政治家でも将軍でも学者でもなか。体当り精神を持ったひたむきな若者や一途《いちず》な少年たちだけだと、あのころ、私たち特攻係りの女子団員はみな心の中でそう思うておりました。ですから、拝むような気持ちで特攻を見送ったものです。特攻機のプロペラから吹きつける土ほこりは、私たちの頬に流れる涙にこびりついて離れませんでした。三十八年たったいまも、その時の土ほこりのように心の裡《なか》にこびりついているのは、朗らかで歌の上手な十九歳の少年航空兵出の人が、出撃の前の日の夕がた「お母さん、お母さん」と薄ぐらい竹林のなかで、日本刀を振りまわしていた姿です。――立派でした。あゝひとたちは……」

第七話　祐夫《すけお》の桜 輝夫の桜

「わたしには、あの一九四五年の真夏の敗戦の日を境にして、その後の人生は〝余生〟のように思えてならないのです。あれからもう三十八年もたっているというのに……中学教師として教壇に立ち、結婚もし、子供も成人し、それまで生きてきた年月よりも遥《はる》かにながい歳月をくぐりぬけてきたというのに、なぜかその人生が〝附録〟のようにしか思えないのです。あのとき、都城《みやこのじょう》基地の夏草のなかで見送った特攻の、沖縄天号作戦第一次航空総攻撃が展開された四月六日から最後の特攻の七月一日まで三ヵ月の凝縮されたあの時間にくらべれば、なんと稀薄《きはく》な思いのすることか。

戦後の記録集などには、戦争否定の心を抱きながら死に赴く苦境をつづったものが多くみられますが、祖国の難を救うという使命感に燃えて欣然《きんぜん》と戦列に加わった学徒や少年たちもより多かったのです。いずれにしても悲しいことでしたが。

戦後三十八年、夏がくるたびに戦争が論じられ〝特攻〟が論じられています。が、わたしがこの目でみた隊員たちは、国家や天皇といったそんな遠い存在よりも、もっと身近かな、肉親や愛する人びとや、うつくしい故郷、そんな〝祖国〟を救うために、自分が死ぬことによって頽勢《たいせい》を挽回《ばんかい》しよう、敗滅を遅らせようという思いで出撃して征《い》ったのです。そんな純粋無垢《むく》な、使命感を抱いた自己犠牲の死が進歩的と称する識者や一部のキリスト教徒たちから、なぜ〝犬死〟と罵《ののし》られなければならないのか。かれらの天に還《かえ》った魂を愛惜し追悼することが、どうして〝軍国主義〟につながるのか。そんな新聞記事やテレビをみるたびに、躰《からだ》がふるえる思いがします。一つの時代を性急に現代の価値観で裁くということには大きな誤りがあります。その是非は、ながい歴史の歳月のあとで、はじめて理解されるものとちがいますか。

戦後の日本人ほど、国の運命に殉じた人たちをないがしろにした国民もありません。むりもないのです。いまの高校教育では〝日本史〟は選択科目なのです。自分の国の歴史など知らなくても、ちゃんと大学を卒業できるのです。わたしが、都城出撃の隊員たちの故郷をたずねて記録しようと思い立ったのは、あの理不尽な戦いのなかで一生懸命生きていた、かれらの〝いのち〟を証言するためでした。それが、おなじ世代で生き残った者のつとめではないですか。

もっとも、わたしのこうした特攻巡礼も、じつは教員仲間や世間ではあまり評判がよくないらしいのです。

『そんな後ろ向きなことを』『いまさら過去をほじくり返さなくても』という陰口も耳に入ってきます。が、これがなぜ『うしろ向き』の行動なのか、なぜ『いまさら』なのか。戦争を過ぎ去ったもの、過去のものと思っているからそんな言葉がでるのかもしれません。そんな人たちは、国連があって、安保条約があるから、もう戦争は起らないなどと本気で思っているのではないでしょうか。そんな人たちの反戦論や平和論には、一抹《いちまつ》の甘さがあります。自分のほうから攻めて行かなければ、相手もまた攻めてこないのだという前提のもとに唱える平和論など子供だましにすぎない。……そうでしょう。だいいち〝平和〟などというのは、どういうことなのか。かつて極東裁判は、連合国側を〝平和愛好国〟とよび、日本などを〝好戦国〟という善・悪のレッテルを貼《は》りつけたものです。ところが、その後に起きたベトナム戦争やアフガン侵攻や、ポーランドの悲劇にせよ、すべて〝平和愛好国〟間の流血ではないですか。その殺戮《さつりく》が、残虐《ざんぎゃく》が、かれらの云った〝平和〟なのですか。

口先きだけでなく、ほんとうの平和を叫ぶのなら、相手が攻撃してくれば無抵抗で殺され、死んでもいいというくらいの覚悟をしておかねばならぬのとちがいますか。「もし平和を欲するならば戦争をよく理解しなければならない」と、イギリスの戦史家バジル・ハート卿《きょう》もいっています。国家などというものは、いつもどこかで利害が相反しているものだし、国家間には実質的制裁をもつ規則など何一つないからです。にんげん個人にしてもそうでしょう。わたしたちの心のなかにひそんでいる、自分が生きるか他人が生きるかという土壇場《どたんば》になったときには、ためらうことなく、他人を犠牲にするというのが人間の本性です。こんな理窟《りくつ》をながながと申しあげたからと云《い》って、わたしはべつに再軍備論者でも何でもありません。国家というものの非情さと、無情な戦火のなかで愛する国と人びとを救うため成功率わずか十八パーセントという特攻の坩堝《るつぼ》のなかに自分の命を投げだしていった若者や少年たちの、そのこころを理解してほしかったからです。

天号作戦当時のわたしは、第百飛行団の通信将校として南九州都城東飛行場にいました。

第百飛行団のわが百一戦隊の任務は、特攻機を沖縄海域まで誘導、掩護《えんご》に出動することでしたが、情報主任としてのわたしの仕事は、その出撃を記録し、戦果を本部へ報告することでした。

霧島を望む都城東基地は、都城盆地に南北千五百メートル、東西五百メートルの自然の草原を滑走路がわりにした飛行場で、出撃する飛行機は、一時間ぐらい前に出発線に並べられ、木の枠《わく》で梱包《こんぽう》された大人の背丈ほどもある九二式二百五十キロ爆弾を搭載《とうさい》、試運転がはじめられます。出発直前になると、宿舎から到着した隊員たちが戦闘指揮所《ピスト》前に整列し、出撃の式が行われます。戦隊長が隊員を激励し、特攻隊長がそれに応《こた》え、隊員一同、湯呑《ゆのみ》に注《つ》がれた冷酒で別盃《べっぱい》をかわし、進発していきます。まず誘導の百一戦隊の四式戦疾風《はやて》が轟々《ごうごう》と離陸し、その後から同じ四式戦の特攻機が爆音をひびかせて飛び立っていきます。特攻機は上空でゆっくりと旋回し、編隊を組みおわると翼をふって南の空に消えて行きます。

特攻機誘導の戦隊は、沖ノ《おきの》永良部《えらぶ》島附近まで掩護同行し、ここで特攻編隊と訣別《けつべつ》して帰還する、というのが常でしたが、やがて沖縄戦の敗色が濃くなっていくにつれ、その掩護戦闘機も敵グラマンの猛襲をうけ、三分の二が未帰還という有様でした。

しかし、そんな悪状況下でも、特攻出撃はつづけられていました。

わたしの任務の戦果確認は、特攻機よりの無線を傍受受信することですが、その無線報告は、

〈特攻機発信者は姓の頭の一字を打電し、ついで目標の艦種呼称（空母なら〝ツー・トン〟、戦艦なら〝トン・ツー〟など）を打ち、突入開始と同時に連続音〝ツー〟を発し〉

その突入音が断《き》れたときを散華《さんげ》の瞬間だと定めていました。しかし、特攻機の無線送

信機（飛三号）は出力も弱く、また打電のゆとりもなく、レシーバーのなかの雑音ばかりを聞くという場合も多かったものです。

――当時のことで、いまも忘れがたいのは、特攻宿舎の千亭の二階で、出撃直前、ただ一人の弟への手紙をわたしに託して飛んでいった第五十七振武隊長の伊東喜得少尉《しょうい》（陸航士五十七期）の遺書です。

〈弟へ

正しく強くしかも真実を失はぬ人間であれ、偉い人間といふのは決して立身出世した人間ではないのだ。自分の思つたこと信じたことを正直に素直に実行できる人間がほんたうに偉いんだよ。周囲にどんな虚偽があらうとも決して心にないことをするものではない。周囲に負ける男はみじめで卑怯《ひけふ》な人間だ。弟よ、軍人にならうともまたその他の道に進まうとも出世を思ふ前に今兄の述べたことをしつかり考へるんだよ。弟よ、田舎に育つたいい性格を絶対に都会化するな、小才の利《き》く人間に負けるな、肚《はら》で勝つんだよ、それが真の勝利だよ。

昭和二十年五月二十五日　　喜得〉

忘れがたいと言えば、わたしが故郷の島根県横田村の小学校で教鞭《きょうべん》をとっていた頃の教え子、新田祐夫との思いがけぬ再会もそうでした。

戦闘指揮所から作戦室へ行く途中、左手の搭乗員室の前で、明るい声をあげて相撲をとっている数人の少年下士官の姿がみえます。そのなかの一人が新田でした。小学生の頃の面影《おもかげ》をそのまま大きくしたような、見覚えのある丸い顔の、がっしりした躰つきでした。わたしが足をとめると、その気配に気づいたのか、誰かが敬礼と叫び、飛行兵たちは弾《はじ》かれたように挙手の礼をします。

『こら！　新田祐夫伍長《ごちょう》なにをしちょーか！』

わたしの声に新田は、びくりとしたようです。と、その丸い顔がみるみる、まるで幼児が高い熱でもだしたときのようないろになり、

『うわぁ！　先生ぇ！』

と声を叫《あ》げました。

それ以来新田は、わたしの所へよくやってくるようになりました。新田（旧制横田農林）たち少飛十四期グループは小川伍長・第五十九振武隊（旧制高崎商業）や永添伍長・第五十九振武隊（旧制延岡中学）第五十七振武隊の西田伍長（旧制京城《けいじょう》市立中学）そして、新田とは東京陸軍航空学校から熊谷飛行学校、上田教育隊、横浜、淡路島、

山口の練成飛行隊と、影の形に添うように片時も離れることなく共に転属し、いままた同じ第百八十振武隊員となっている宇佐美伍長（旧制横浜一中）たちでした。が、そのグループもしばらくのあいだでした。沖縄戦熾烈《しれつ》。やがて五月二十五日、西田伍長出撃。五月二十九日、小川、永添伍長ら出撃。こうして新田と宇佐美はまた二人だけになってしまったのです。六月二十三日、沖縄の日本軍全滅。その八日後の七月一日の早朝、新田と宇佐美が乗った二機の特攻機、四式戦疾風《はやて》が沖縄特攻に出撃しました。

この日の特攻によって、本土からの陸軍特別攻撃隊（第六航軍）の幕が閉じられたのです。さびしい飛行でした。すでにその出撃を誘導し掩護すべき第百一戦隊は潰滅《かいめつ》していたのです。あの朝、見送る人もまばらな夏草の滑走路を飛びたち、もつれあうように南の空に消えていった二機の疾風は、どこまで飛んで行けたのでしょうか。

出撃の前夜、新田と宇佐美はわたしに遺書と遺品を託して征きました。はじめ宇佐美は、飛行学校いらい肌身《はだみ》離さず持っていた父母の写真を胸に抱いて突入するつもりであったようですが、新田の忠告で、母ステのもとへその写真を送り返すべく遺品のなかに納めています。新田は、そういうやさしい心くばりをする少年でした。

新田祐夫の遺書——

〈お父様、いよいよ最後の便りです。

お母様、お姉様、いつ迄《まで》も元気でゐて下さい。今日、小包みを遺品として送ります。それから父母の写真は持つて行くものではないさうですから送り返します。お守袋は宇佐美のお母様が下さつたものです。永久に交際して下さい。最後の最後まで元気で愉快に楽しくやってきました。

お父様、お母様、お姉様、では、さよなら、祐夫の生前お世話になつた人々によろしく。

特攻と散り行く桜花吹雪幸ある御代《みよ》によくぞ生れり　すけを〉

宇佐美輝夫の遺書——

〈御母様、いよいよこれが最後で御座います。

いよいよ一人前の戦闘操縦者として御役に立つときがきたのです。

御優しい、日本一の御母様。今日トランプ占をしたならば、御母様が一番よくて、将来、最も幸福な日を送ることが出来るさうです。輝夫は本当は三十五歳以上は必ず生きるさうですが国家の安泰の礎《いしずゑ》として征きます。御両親様の御写真を一緒に沈めることはいけないことださうで、今ここに入れて御返し致します。御写真と御別れしても天地に恥ぢざる気持にて神州護持に力めます。短いやうで長い十九年間でした。いまはただ求艦必沈に努めます。（特攻行の）発表は御盆の頃でせう。今年の御盆は初盆ですね。日本一の御母様、いつまでも御元気で居て下さい……この前、新田の御母様と御会ひしました。新田によく似た顔の丸い人でした。私が新田の飛行機を説明すると感心するやうに聞いて下さいました。御母様に私の飛行機も見て頂きたかつたであります……では元気に、輝夫は征きます。永久にさよなら。

御母様へ

特攻と散り行く桜花吹雪晴れの初陣《うひぢん》生還を期せず　　輝夫〉

ふたりの遺書や遺品の軍刀、飛行服などは、すべて島根県横田町の新田家に届けました。宇佐美伍長の実家のある横浜は空襲に遭って、遺族の消息が不明だったためです。

戦後、新田家では、無二の親友であった二人のため一基の墓標をたて、ふたりの名を並べて刻みました。

陸軍航空兵少尉　新田祐夫
陸軍航空兵少尉　宇佐美輝夫　墓

昭和二十年七月一日、陸軍特別攻撃隊振武隊に参加
沖縄天号作戦に出撃、散華、享年《きょうねん》十九歳。

広島と島根の県境、中国山脈の裾野《すその》がなだらかなひろがりをみせた横田町八川の里にあるその墓は、いま頃きっと鮮紅色のほのかな夕焼けのなかで、山鳩《やまばと》の声を聞いているころでしょう……」

第八話　海紅豆《かいこうず》咲くころ

ジョン・F・リットマンの手紙（神坂訳）――

〈一九七七年二月十一日
日本国和歌山市
江波たつゑ様

親愛なる江波夫人へ
わたしは私のためではなく、わたしの善良なる友人たち、すなわちジョイス・クーパー夫人、レオナルド・レインチェス氏ならびにアメリカ合衆国海外戦役退役軍人会（VFW“VETERANS OF FOREIGN WARS OF THE UNITED STATES”）の全会員にかわって筆をとっております。
わたしは、レインチェス大尉《たいい》が沖縄本島、残波岬《ざんぱみさき》の沖BOLO地点で海面に漂うカミカゼ（特攻機）の破片の中から発見し、最近、クーパー夫人が日本へ旅行されたとき貴女《あなた》にお渡しした一冊の小さな〝赤い手帖《てちょう》〟を見る光栄を与えられました。

レインチェス氏は沖縄戦で名誉戦傷章《パープルハート・メダル》をうけた退役将校で、心の温かい善意にあふれたひとです。レインチェス氏は私に、日本の江波夫人の所に立ち寄ってこの赤い手帖をお返しすることができるかどうか、クーパー夫人にたずねてほしいと言ってまいりました。

わたしどもは、この手帖をお返しすることによって、これにまつわる悲しみがよみがえるかも知れませんが、しかし、この手帖をあなたがお持ちになることによって、わずかながらもあなたと御家族の方が幸せを感じることができることを皆よろこんでおります。

先日、日本への旅から帰ったクーパー夫人が、あなたが手帖のお礼と感謝の心を罩《こ》めて贈られた美しい日本の人形をレインチェス氏に手渡した時、わたしはその場に居合せる特権にめぐまれました。

レインチェス氏は、この手帖は当然持つべきひと、すなわちあなた自身とあなたの御家族に、亡《な》き御主人の想《おも》い出としてお返しすべきだと願っておりました。クーパー夫人が持ち帰ってきた日本の新聞の切り抜き記事は、たいへん興味ぶかく拝見しました。その記事は、温かい人間愛に満ちたお話を物語っておりました。私たちアメリカ合衆国海外戦役退役軍人会第7175分会の会員は皆、心あたたまる想い出をあなたおよび御家族にもたらすことができたことについて感慨ひとしおで、この幸せを分かち合いました。そして、あらためて美しい日本の人びとと私たちアメリカとの友好関係をたしかめました。

わたし自身は今までにアメリカ海軍の兵役にある間、たびたびあなたの美しいお国を訪問する光栄に浴しました。もう一度訪問できるかどうかはわかりませんが、すくなくとももう一度日本を訪ねてみたいと切望しております。

レインチェス氏からもよろしくお伝え下さいとの事です。そして御親切な贈り物に厚く感謝を申しのべております。私ならびにレインチェス氏、クーパー夫人にかわりまして厚く御礼申し述べます。

あなたと御家族御一同様の末永い幸福をお祈り申しあげます。

敬具〉

「――あなた。

いま、あなたの手帳を届けてくださったクーパー夫人を和歌山駅までお送りしてきたところです。

外から帰ったまま居間に坐《すわ》りこんで、また、一頁《ページ》ずつ手帳をめくっています。戦いの日の血と油と海水が染《し》みて、三十二年の歳月に黄ばんだ紙のなかの文字はところどころ読めなくなっていますが、なつかしいあなたのペンの跡です。それにしてもあなた、ずいぶんながい、遠い旅でしたね。指宿《いぶすき》から知覧《ちらん》の特攻基地へ、そして沖縄……アメリカのテネシー。その異境から、レインチェス元大尉や退役軍人会のリットマンさん、クーパー夫人と、多くの人たちの愛につつまれて奇蹟《きせき》のように還《かえ》っていらっしゃったあなた、ごくろうさまでした。

おぼえていますか、あなた。この手帳を買った雨あがりのあの朝のこと。昭和二十年五月二十四日。日記など見なくても、ちゃんと覚えています。

知覧に向う途中のあなたと、指宿で落ち合って一泊。翌朝はやく起きて、散歩に出かけました。あの散歩が、あなたとのお別れでした。

町角の古ぼけた雑貨屋さんの、硝子《ガラス》ケースの隅《すみ》で薄く埃《ほこ》りをかぶっていたこの手帳を見つけたのは、あなたでした。物資の欠乏した当時からみると、ぜいたくな赤い革の（といっても豚皮を赤く染めただけのものでしたが）手帳。持っているだけでも心が豊かになるような、そんな思いがしてわたしはその手帳を買いました。買ってから二人で摺《すり》ケ浜のほうへ歩いてゆきました。

歩きながらあなたは、突然、わたしの手をぎゅっとつかみました。いいえ、あれは握るというより、思わず顔をしかめたほど強い、あなたらしい不器用な摑《つか》みかたでしたわ。

わたしの手をつかんだままあなたは、怒ったような顔つきで、大股《おおまた》に、どんどん歩いてゆきました。あのとき、あなたは慥《たし》かに腹をたてていました。稚《おさ》ない頃から愛しあってきたわたしたち、結婚してまだ半年目の若い夫婦を引き裂こうとする、あと三、四時間に迫った理不尽な〝永遠の別離《わかれ》〟に対してです。にぎりあわせた汗ばんだ掌《てのひら》から、そんなあなたの血のひびきが痛いくらいわたしの胸にゆれあがってきます。手をにぎられたまま、わたしもあなたと同じように腹をたてたような顔をして指宿街道を歩いてゆきました。

飛行服の腕に、特攻隊のしるしの日の丸をつけ軍刀を吊《つ》った背の高い曹長《そうちょう》殿が、もんぺ姿の国民学校の女先生と手をつなぎあって往還《みち》を歩いてゆくのです。振り返る人もありましたが、わたしは平気でした。

歩いて行く街道の、雨にぬれた道端の木の緑があざやかで、目にしみるような真っ赤な花が咲き乱れていました。海紅豆《かいこうず》の花でした。あなたは足をとめて、その蝶《ちょう》のような形をした小さな真紅の花を摘んで、わたしの髪に差してくれました。おぼえてますか、あの花を。
昼食のおにぎりは、浜の小高い松林のなかで食べました。
食事のあと、ふたりだけでしみじみ語りたいと思っていたわたしの気もしらずに、あなたは松の木に背を凭《もた》せて軽い寝息をたてはじめました。なんというひとでしょう。手もちぶさたなわたしは、あなたの寝顔を見ながら、さっき買った手帳をひろげてシャープペンシルで名前を書きました。
〈陸軍航空兵曹長　江波正人　二十六歳
　妻たつゑ　二十三歳
　住所　和歌山県和歌山市……〉
書きおわるとわたしは、手帳に口づけをしました。そしてそれをあなたの図嚢《ずのう》（軍用の革かばん）の中にそっと入れました。百死零生の特攻行にむかうあなたへの、たった一つの新妻からの贈り物でした。
十五分ほどしてあなたは目をさましました。爆音を耳にしたのです。見ると、弓なりに湾曲している指宿の浜の北、田良《たら》岬の上空からこちらにむかって、二機の下駄《げた》ばきの水上飛行機が飛んできます。田良浜の海軍航空隊の特攻です。うめくような爆音をあげて飛んでくる水上機を見あげているわたしに、あなたはあわてたような声のいろで、「ああ、また海軍さんの練習飛行がはじまったな」と言いましたが、ごま化したつもりでもわたしにはよく判《わか》っていました。あんな大きな黒い爆弾をお腹《なか》に抱いて飛ぶ練習機など、どこにありますか。

それから、あなたとふたり松林のなかの径《みち》を引き返しました。松林のなかであなたは、わたしの肩を抱いて接吻《せっぷん》をしてくださいました。それがわたしたちの、新婚生活のおわりでした。結婚して半年、あなたと一緒にすごしたのは、そのうちの九日間……」

江波正人の手帖より——

〈蟬《せみ》の鳴く杉林の中に腰をおろして、また、書きはじめる。

何も書くことはないのだが、生きてゐるといふ思ひを反芻《はんすう》してみたい。具体的に自分を確められるのは、いまの生活のなかではこの手帖に書きこんでゐる時ぐらゐなものか〉

〈家へは何も書かない。不必要な心配をさせるだけだ。心配しても、どうなるものでもない〉

〈このごろ、時間の歩みの速くなつたことを感じる。無常迅速。人生馳《か》け足〉

〈町に出て写真を撮る。追ひすがつてくる〝死〟の時間を、ここで一時停めてやる。
父母に一枚、たつゑに一枚送る。
左様奈良〉
〈昭和二十年六月三日　薄曇
第十次航空総攻撃。第四十八振武隊（九七戦）第百十二振武隊（九七戦）第二百十四振武隊（九七戦）第四十四振武隊（一式戦）第四百三十一振武隊（二式高練）知覧出撃〉
〈昭和二十年六月五日　曇
朝、空母を含む機動部隊現はるの報。時機到《いた》る焉《えん》。十時、搭乗員《たふじようゐん》整列。全機出動の予定なりしも誤報〉
〈昭和二十年六月六日　曇時々雨　沖縄晴
第百十三振武隊（九七戦）第百五十九振武隊（三式戦）第百六十振武隊（三式戦）第百六十五振武隊（三式戦）第五十四振武隊（三式戦）第百四振武隊（九九襲撃機）知覧出撃。
本日　われ　まだ生きてあるなり〉
〈昭和二十年六月七日　終日小雨
静かな一日　雨のなか町へ出る。小ぬか雨に濡《ぬ》れた青葉の道をひとり歩く。古い国

民学校の教室からオルガンの音が聞えて来る〉
〈たつゑ　たつゑ　たつゑ　たつゑ〉
〈昭和二十年六月八日　曇のち晴　沖縄薄曇のち晴
第四十八振武隊（一式戦）第五十三振武隊（一式戦）知覧出撃〉
〈昭和二十年六月十日午前六時
搭乗員戦闘指揮所前に整列。
出発まで半時間あり。翼の下に寝転つて書く。草のにほひ、土のにほひ。
出撃前の気持、静かにして鏡の如《ごと》し、思ひ残すことなし。
一つの人生の結論　必死の生涯《しやうがい》の結実
江波正人　二十六歳　本日すこぶる健康　〉

「……あなたの戦死の公報が届けられたのは、敗戦の年の十二月でした。

『陸軍少尉江波正人殿は昭和二十年六月十日、沖縄海域に於《おい》て戦死認定されましたので御通知します』

白いお骨箱と、白木に俗名を書いた位牌《いはい》が一つ。これが半年ぶりにわたしの手で抱いたあなたでした。かるい箱でした。お骨箱をうけとるとき、

『遺骨箱は開けないで下さい。なかは空です』

と係の人から告げられて、怺《こら》えきれずに涙がこぼれました。

お骨箱は実家に持って帰りました。市内のあなたのお家は二十年夏の大空襲で焼かれ、お父様お母様はわたしの実家に身を寄せておられたのです。

仏間にお父様お母様そして実家の父母もみんな集って、開けないでと云われたお骨箱をあけました。白木の箱の中に〝霊〟とゴム印を捺《お》した一枚の小さな紙片《かみき》れが入っていました。お父様はそれを凝視《みつ》めて『こんなものか、こんなものか』と唇《くちびる》をふるわせておいででした。日本という国の正体がこんなものだったのか、祖国に殉じた大事な正人の死がこんなものだったのかと、お怒《いか》りだったのでしょう。

そのお父様も、翌二十一年の三月に生まれてきたわたしたちの子、孫の顔をみて安心なさったのでしょうか、四月に亡くなられました。

生まれてきた子の名を、わたしはあなたと同じ名の〝正人〟とつけました。どう考えてもわたしには、その名のほかは思い泛《うか》ばなかったのです。ごめんなさい。

半紙に〝正人〟と書いてお父様にお見せすると、お父様は目をかがやかせて『おう……おう』と大きくうなずいていられました。でも、そっくりそのままではと仰言《おつしや》られて、正人《まさひと》と呼ぶことにしました。あなたは正人《まさと》、あなたの子は正人《まさひと》です。

——戦争がおわって三十二年。おさない子を抱えての苦しい日々のことはお話しません。誰もが精一杯に生き、必死に生きてきた戦後でした。あり余るお乳がありながら、いつもお腹を空《す》かして実家の母のもとに預けられていた正人。といっても教職にあったわたしなどは恵まれたほうでした。そんな永い教員ぐらしもやっと終りました。いま、あなたのお家《うち》のあった土地に家を建て、S金属に勤める正人夫婦とかわいい二人の孫にかこまれて、あなたの夢であった油絵を描《か》いています。

正人は、あなたより六つ年上の三十二です。昨年、課長さんになりました。晩酌《ばんしゃく》のときなど『いちど、おやじと飲みたかったなぁ』などと言っています。

わたしもすっかりお婆《ばぁ》ちゃんになりました。もう五十五歳です。くやしいけど、あなただけはいつまでも若いのです。行年二十六。

あなたの手帳をひろげて、また、先刻からおなじところを瞶《みつ》めています。

断

一頁に一字だけ大きく勁《つよ》く書かれた、かなしい文字です。

断とは、敵を撃滅するということですか。それとも、自分の生命《いのち》を断つということですか。愛《いと》しいものへの一切の思いを断つということですか。

切なかったでしょうね、あなた。わたしはいま、灼《や》けるような念《おも》いで指宿《いぶすき》への旅を思っています。ふたりで歩いた雨あがりのあの指宿街道。湯権現、村之湯《むらんゆ》、摺《すり》ケ浜、田良岬、町かどの雑貨屋さん。海紅豆の花の季節にはまだ早いですが、わたしの目の裡《なか》には、あの可憐《かれん》な真っ赤な花が見えるはずです。行きましょう、あなた」

第九話　母上さま日記を書きます

大塚要《かなめ》の日記——

〈母上様

今日午后《ごご》三時、朝鮮大邱《たいきう》を飛び立つて再び内地に帰つてまゐりました。一人前の特攻隊員として。

此処《ここ》、九州（熊本県）菊池の飛行場近く、緒方様に厄介《やくかい》になつてゐます。この辺りの田舎家の造りは茨城県の田舎に似たもので、父上の故郷に帰つたやうな気がします。かうして日記をかくのも又たのしいものです。（特攻で）征《い》く日まで書かうと思ひます。凡人《ぼんじん》、偉さうなことは言へません。ありのまま、母上に書いてゐます〉

大塚つがの語る——

「あの子は青島《チンタオ》で生まれました。ちいさな頃は身体《からだ》が弱くて心配しましたが、小学校に入ってからは丈夫になり、学校の成績もよい方でした。中学三年の時に支那《シナ》事変がはじまり、家族たちの引揚命令が出ましたので内地に帰ってきました。府中の明星《めいせい》中学に転校したあの子は、卒業後、中央大学予科に入学。そのころ夫は急性肺炎のため青島で病没しましたので、東京に家を求め、あの子は大学に通いました。はい。学徒出陣の命がくだったのは二年目でした。実家が茨城だったので、あの子の徴兵検査も水戸で行われました。航空兵を志望したあの子に検査官は『父がいないのに飛行隊を志願してもよいのか』と訊《たず》ねたそうですが、あの子は『自分には後に続く三人の弟がありますす』と答えたといいます。当時はまだ特攻隊などといった言葉は聞かれませんでした」

大塚要の日記――

〈昭和二十年一月二十五日

特別攻撃隊に志望するや否《いな》や、論をまたず我が身あるは国あるが故《ゆゑ》なり、国なくして家なし、生あらば死あり、特別攻撃隊に参加して玉砕するは、我にとりて最上の死場所ならむ、敵は我等の間近にあり、彼を撃滅せずしては我が理想たる、大東亜の新秩序はならず〉

〈昭和二十年二月六日

小川軍曹《ぐんさう》、特攻隊の一員として出発す。我が身の間近より征くか、我もまた征かん、死生観、生あらば死あり、生者必滅《しやうじやひつめつ》、我は凡人なり、死生につきて考ふるも判《わか》らず。立派に死す事を考へるなど、以《もつ》ての外なり、死生観は暇な人間の考へること、唯《ただ》任務のままに為《な》すべき事を為せばよいのだ。迷ふこと更に無し。

俺は何を書かむとするか、日記を修養の為《ため》につけるか、自分の死後人に見て貰《もら》ふ為か、自分を人によく見せるためか、馬鹿《ばか》野郎、死が怖《おそろ》しいか、何の為だ、美しい死。憧憬《どうけい》か、俺は畢竟《ひつきやう》、俺でしかないのだ。俺は感ずるままに書かう〉

〈昭和二十年三月二十八日

特攻隊と簡単に謂《い》ひ、一機命中と云《い》ふが、その中には一人の人間の神の如《ごと》き精神と肉体がある。俺も特攻に当り前として征けるか、凡《すべ》てを超越して……最も、超越すべき何物もない。

俺の感情は多分に頽廃《たいはい》的ではないか、皇軍の将校か。将校は軍隊の根幹なり、日記は人に見せる為に書くものでなし。自己を偽るなら書かぬ方がましなり。書いて自分の向上を計る……文句を云ふな。之《これ》は俺の日記だ、書け、思ふ存分。偉い人の真似《まね》をする必要はない、偉さうなことばかりは書かぬ。俺は何も偉くなんかないのだ。俺は皇国の一男子なのだ、只《ただ》それだけだ、義務、権利、そんなものは問題でなし、俺は皇国の男子として当り前のことを為してゆけばよい。昔からきまつてゐるものを、やればいいのだ。航空隊に志願したのもそれだ。国家は空中勤務者を必要とする故、男子たる俺は当然志願した。敵を撃滅するのが俺の任務だ。

国家が特攻を必要とする。俺は志願した、俺は信ずるままに進むのだ。悟りを開くなんて大それた気持はない、悟りなんて分る筈《はず》はないのだ。敵は沖縄に上陸を開始せり、と。大言壮語する万人の操縦士より、黙々と実行する一人の操縦者を現在の国家は要求してゐる。我は信ず、日本男子は、浅薄なるヤンキー青年に負けず、征かん、突き進まん〉

〈昭和二十年四月三日

特攻隊出発す、十五機。我等亦《また》、征く日来《きた》らん、次は我々の番なり〉

大塚つがの語る——

「昭和十八年十二月一日、出陣学徒（特操一期）としてあの子は明野《あけの》飛行学校に入隊。わたしは弱い身体にむち打って、一心にあの子を送って行きました。その後、面会にいって軍刀を届けると、あの子は大そう喜んでおりました。明野を出たあと岩手県の藤根村飛行場に面会に行ったこともあります。ちょうど訓練中で、飛行機から降りてきたあの子は、〝いま、隊長から操縦の腕をほめてもらった〟と喜んで、赤い小さな飛行機を指さして〝あれが僕の愛機だ〟と得意そうな表情で説明をしていました。その親切な隊長さんの計《はか》らいでその夜は花巻温泉に行って、ひさしぶりであの子と夕食をとり、床を並べて夜中の一時すぎまで語り合いました。外泊の許可は早朝の四時まででしたので、三時に起床して営門の近くまであの子を見送りました」

大塚要の日記――

〈昭和二十年四月十一日

　軍隊に入りて二回目の誕生日を迎ふ。満二十三歳。
午後（と号要員編成の）命令を受領す。小西少尉《せうゐ》を長として十五名。快なるかな。
誕生日に死ぬことの定まる。偶然なるや。我は励まん、一途《いちづ》に。生を享《う》けて二十三年、
皇国の将校なり、男子の本懐。

　一すぢにただ一すぢに大君の醜《しこ》の御楯《みたて》と散るぞうれしき　〉

〈昭和二十年四月十八日

　俺は、と号要員だと云ふ事は、俺が一番よく知つてゐる。今まで考へても見なかつたけれど、しかしゆつくり考へてみよう。今は、文句は要らぬ。と号要員は特攻隊員

である。一機体当りにより一艦を屠《ほふ》らんとする。当然死ぬものである。死は目前に迫つてゐる。不思議な位、定まつてみると落ついたものらしい。別に悩むこともゐらぬ〉

〈昭和二十年四月二十日

戦友の中に特攻隊員として、敵に当り砕ける時の話がはづむ。要するに凡人である以上、いよいよ打ち当る時は、夢中なるべしと。心境の変化なきものは、聖人か馬鹿なるべしと謂ふ。だから馬鹿は聖人に近きものなりと。如何《いか》ならんか、今の俺にわかる筈のものにあらず。必要なるは旺盛《わうせい》なる精神力なるべし。本人より知ることを得ず〉

〈昭和二十年四月二十一日

演習快なり、急降下、ただ我はゆかん〉

〈昭和二十年四月二十九日

天長の佳節なり。

我等ただやらんのみ。一日を休養す。夜、突然の命令にて予定を変更、すみやかに帰隊することを決定。隊長とともに会食す。隊に待ちし命あり、征かむ。

待ちうけし命はありたり我等たつ醜の御楯とともに死なまし〉

〈昭和二十年五月十日
ドイツ無条件降伏し、戦は日本のみ、我等が責務大なり、我等沖縄の全艦を撃滅せむ。本日も天候不良、出発できず〉
〈昭和二十年五月十五日
毎日〳〵雨つづき、くさること夥《おびただ》しい。一日も早く大空へと思へども、雨のため長くはあらぬ命を、永らへる〉
〈昭和二十年五月十六日
雨、雨なり。飛行機に異常を来《きた》さんと恐る〉
〈昭和二十年五月二十日
飛べり、飛べり。今日の海上雲低く、(高度)三百米《メートル》にて飛ぶ。二機、ただ、我は飛べり。九州菊池へ。
明日は鹿児島へ飛ばむ。鹿児島より……沖縄へ。大邱にて沼部見習士官にアルバムを家に届ける様依頼す。アルバムを見て母泣かんか。泣くもよし、然《しか》れども強く誇りもて生きらるるを要《かなめ》は望む〉

大塚つがの語る――

「あの子が、はじめて軍服姿で家に帰ってきたとき、近所の人たちはご馳走《ちそう》をつくってくださいました。夕がた私が、送って行く支度をしているあいだ、あの子は家の表に立って、周囲を見まわし、しみじみと眺《なが》めていたといいます。あとで近くのお年寄りから『要さんが見納めをしているように感じた』と、涙ながらに聞かされました。

私は、背の高いあの子がどんどん歩いていく背後から、息をはずませ懸命について行きました。利根川べりの芦深《あしぶか》い道から、渡し場を越えて安食《あじき》の桜土堤《さくらどて》まできたとき〝お母さんは足が弱いから一緒に歩いていくのは無理だ。こんどの汽車に遅れると、門限まで熊谷に着けないで罰をうける〟といいます。私は足をとめて〝お母さんはここで見送るから、急ぎなさい〟そういいますと、あの子は、私に敬礼して〝明日は、遠くへ飛んで行くかもしれない〟といって大股《おおまた》で、安食駅（千葉県）の方へ歩いていきました。その軍服のうしろ姿が、おりから霧のたちこめた桜並木のなかに、しだいにかすんで消えていきました。それが、私とあの子の最後の訣別《わかれ》でした……」

大塚要の日記――

〈昭和二十年五月二十二日

雨のふる一日、午後、特攻攻撃法に関する学科あり。わが生命《いのち》、多くてあと一週間

ならむ。熊本の町にでる。久しぶりにビールの味も良し〉
〈昭和二十年五月二十三日
本日、此処鹿児島の（万世）基地に至る。本日は航法中九死に一生を得たり。即《すなは》ち山上を航行中、雲中に入り、自己の機の姿勢わからず、遂《つひ》に錐《きり》もみに入り墜落するも、幸ひに谷に降下し、機を正して飛行するを得たるは不幸中の幸なり。本日山に激突して死せんか、犬死なり。

永からぬ生命なれども君のためむだに死せずといまをよろこぶ　〉
〈昭和二十年五月二十四日
明日出撃と決定す。本日は機体の整備をす。無線にて、我突入すと打つ任務を受く。ただ征かんのみ。篠崎、永井来る。

海原に敵をもとめて我征かむ明日を思ひて気静かなり　〉

〈母上様
要は、特攻破邪隊第三隊（二式高等練習機、五機）の一員として征きます。
母上様もこの一事あるは覚悟されてゐたことと思ひます。要は航空に志願する時よりこの如きことあることを思ひ、敢《あへ》て志願したのでした。

父上亡《な》きあと、母上が如何《いか》に御苦労なされたか、一番よく知つてゐる自分です。しかし国あつての家です。国のお役に立つ、君の御楯となる。男子としてこれ以上の光栄がありますでせうか。母上には申訳ありません。家は御願ひします。要が居なくてもまだ男三人、男三人が国に斃《たふ》れたら、せい子に家をつがせて下さい。

要が先にいつたからとて、母上は決して悲しまないで下さい。また身体を悪くされたりすると死んでも死にきれません。健康に充分注意して決して無理せず、強く生きてください。

特攻隊編成以来、ずゐぶん盛大に見送られてきました。女子通信隊（高女生）の八人から、指を切つて描いた血染の日の丸も頂きました。

母上強く生きて下さい。日本の勝つ日を思ひます。必勝〉

『陸軍航空作戦』防衛庁防衛研修所戦史室――

〈昭和二十年五月二十五日。低気圧東シナ海を南東進し戦場全般に天候不良。〇七〇〇ころ以降沖縄は雨、視界甚《はなは》だ悪く第八次航空総攻撃一二〇機の特攻機中発進できたもの七〇機にとどまり、うち突入を報じたもの二四機にすぎない。この日の総合戦果、艦種不詳四隻《せき》を撃沈または撃破、艦種不詳五隻を撃破……〉

第十話　雲ながれゆく

寺井が、平柳四兄弟の跡を尋ねはじめたのは、妻の倶子へのいたわりからであった。母を早くなくし老父は病臥《びょうが》し、自分もまた闘病生活をつづけているうちに倶子は、稚《おさな》いころの、おぼろげな記憶の底にある亡《な》き母の兄弟たちへの情をつのらせていったのであろう。戦後三十年、倶子はよくおじ（伯・叔父）たちへの念《おも》いを口にするようになった。倶子の遠い残像の裡《なか》にあるおじたちは、いずれも爽《さわ》やかで、凜々《りり》しい若者であった。

が、その平柳家との往来も母の死とともに跡絶《とだ》えていた。そしてやがて敗戦、戦後の混乱のなかで倶子は、ちらとおじたちが戦死をしたという噂《うわさ》を耳にしたこともあった。

「……どのおじさまが戦死を？」

平柳四兄弟の父、平柳竹志は陸軍歩兵中尉《ちゅうい》のとき、東京府立女子師範をでた浅村錫《すず》生《お》と結婚。竹志はのち大正十二年の軍縮の年、陸軍中佐で退役し、埼玉県浦和に居を定めて三等郵便局を経営、郵便局長を勤めて昭和十二年死去……という、倶子の父から きいた話を手がかりに寺井は、浦和市を訪ねてみた。昭和五十年の晩春であった。

「戦前から浦和に住んでいる人に訊《き》くと、平柳家のことはすぐにわかりました。平柳家は、浦和の町のひとたちが誇りにするほどの家だったのです。国民学校の児童たちは先生から、平柳家の前を通るとき〝敬礼〟をするように教えられたといいます……もっとも、それは敗戦までのことですが。

その平柳の家も、すでに人手に渡っていました。町のひとが教えてくれた平柳家の墓所は、市営墓地の一隅《いちぐう》でした。

倶子のおじたちの母の錫生さんも、三十五年の秋に亡くなっていたのです。

市営墓地に、ひしめくように並んでいる墓塔のなかから、ようやく平柳の名をさがしあてたころ、雨がふってきました。けむるような細い雨でした。

高さ一メートル、幅五十センチほどの石碑の左脇《ひだりわき》に「殉難神霊」と刻まれた墓誌がありました。碑文字《いしぶみ》に目をはしらせたわたしは、凝然としました。そこには、倶子のおじの四人の兄弟の名が、並べて刻みこまれていたのです」

平柳　誠　東京帝国大学卒　大使館一等書記官　ビルマ派遣帰任ノ途二十年四月一日阿波《あは》丸ニテ殉職
平柳三郎　慶応義塾高等部卒　三井生命入社　十九年四月二十八日　ニューギニア島ウエワクニテ戦死
平柳育郎　海軍兵学校卒　駆逐艦「文月《ふみづき》」砲術長　十九年一月四日　ビスマーク諸島方面ニテ戦死
平柳芳郎　陸軍航空士官学校卒　振武特攻隊長二十年五月四日　沖縄島ニテ戦死

寺井は、墓誌の前で雨に濡《ぬ》れながら長いあいだ立ちつくしていた。

（痛ましすぎる）

戦争の悲劇を、これほど悼《いた》ましく刻みつけた墓を寺井はみたことがなかった。一族の、この平柳四兄弟全員戦死、または殉職の墓をたずねあてた時の衝撃が、寺井の心にながく残った。

昭和五十年七月十三日、寺井俊一、倶子夫婦は、一族の人びとを招いて守光院で平柳家の法要をいとなんだ。

寺井俊一が妻、倶子のためばかりでなく、自分の念いをもふくめて〝世に在りし〟ころの四兄弟の貌《すがた》をもとめ、その鎮魂のため、かれらの遺品を蒐集《しゅうしゅう》しようと思うようになったのはこの日以来のことである。日本興業銀行参事役を勤める寺井は、休日のたびに由縁《ゆかり》の地を訪れ、四兄弟たちゆかりの人びとをたずね歩いた。

「長男の平柳誠おじは、昭和九年東大法学部を卒業。つづいて同、経済学部に入学。同年十一月に高等文官司法科試験に合格、翌年の十月には高等文官行政科試験にも合格するという秀才でした。

いまの埼玉県知事の畑和《はたやわら》氏とは、浦和高校いらいの親友で、二人そろって仲よく司法省の試験にパスしています。けれど、なぜか二人とも不採用になっているのです。畑知事によりますと、

『誠さんとは、東大へ入ってから誘われて左翼運動をしたり、本郷の本富士《もとふじ》署に一緒に検挙されたりした仲です。司法省に採用されなかったのは、左翼からの転向学生を採用せずという方針だったから』

だそうです。そのため誠は、拓務省に入ります。以来、台湾総督府、満州事務局、ビルマ大使館領事などを歴任し、やがて南方事務局への赴任のため、シンガポールか

ら阿波丸に、ええ、それが運命のわかれ目だったのです。なんでも聞くところによりますと誠さんは、先に乗船予約をしていた同僚に交代してもらって乗りこんでいます。乗客名簿に平柳誠の名が記載されていないのはそのためです。

緑十字の阿波丸（一万一千トン）が台湾海峡で戦時国際法・安全航行権保障違反のアメリカ潜水艦に撃沈されるのは二十年四月一日です。この〝阿波丸事件〟は、いまだに多くの謎《なぞ》に包まれています。

次男の平柳三郎は三井生命の社員でした。が、召集令状をうけて高射砲第二連隊に入隊。幹部候補生として千葉陸軍高射砲学校へ入校。翌十八年四月、予備役見習士官として宇品《うじな》港からニューギニアにむかって出帆しています。東部ニューギニアのウエワクに上陸してからの平柳三郎少尉について知るために、わたしは厚生省援護局に幾度か通いました。分厚いあの留守名簿を繰ってみました。三郎おじの〝戦友〟を探すためです。けれど、名簿を繰っても繰っても出てくるのは「戦死」の文字ばかりでした。それはそうでしょう。地獄の戦場といわれたウエワクの東部飛行場の防空にあたっていた三郎おじらの「第十八軍野戦高射砲隊第六十二大隊」の生存者は将校、下士、兵を含めてわずか三十二人です。そのなかでようやく発見したのが、横浜で呉服卸商を営んでいる矢島孝輔さんという元二等兵のかたでした。

『平柳小隊長は美男子で、おだやかな人柄《ひとがら》でしたが、戦闘になると、それはもう勇敢で、連日の敵機の猛爆につぐ猛爆で、平柳小隊六門の高射砲がたった一門になってしまうほどの爆撃のなかでも、動じることなくいつも地上で指揮をとっておられました。爆風で吹っ飛んだことも幾度かありました』

その三郎おじも、重なる飢えと過労のためマラリヤをこじらせて病没します。息をひきとったのはボイキンの病院だったといいます。三郎おじが病死したとき、安部大隊長はその死を〝戦死〟だと認定しました。報告書（事実死亡証明書）はいまも残っています。これをみても三郎おじの勇戦ぶりがどんなであったかが泛《うか》びあがってきます。矢島さんは先ごろ、慰霊巡拝団の一員としてウエワクを訪ねられたそうです。アメリカ空軍の猛爆と艦砲射撃をうけて、いまも木一本生えていないというかつての高射砲陣地に、赤さびた砲身をみせた高射砲が一門、天をにらんでいたそうです。矢島さんたちが最後まで死守した平柳小隊の高射砲です。矢島さんはその砲身に抱きついて『日本へ帰ろう！　みんなのところへ、靖国《やすくに》神社へ行こう』と、思わず声を叫《あ》げて哭《な》いたといいます」

三男の育郎おじの手がかりは、意外に身近なところにあった。育郎の中学の後輩で、戦後、育郎たちの母、錫生《すずお》さんの世話を最後まで何くれと見つづけてきた浦和市に住む詩人、槙皓志であった。

浦和中学からまっしぐらに、競争率五十倍という難関を突破して海軍兵学校（七十期）にすすみ、首席で卒業し〝恩賜《おんし》の短剣〟を拝受し、天皇の御名代の高松宮殿下の御前で講演するという目もくらむばかりの栄誉を得た先輩、平柳育郎は下級生たちのあこがれの的であった。

〈眉目《びもく》秀麗、一見繊弱に見ゆるも性忠直至誠、邪悪を排し正善を死守するの気魄《きはく》は真に信頼するに足る、学業また優秀、武道その他に対する修養態度は本校第一の模範生ぶり〉だと、浦和中学校長の兵学校受験推薦書にある。

当時、兵学校や士官学校に進んだ先輩は、正月休暇には母校を訪れて軍学校の生活を誇り、後輩たちを励ますのが常であった。いきおい、激越な口調になる。が、育郎はそうでなかった。

「人それぞれに本分がある。いたずらに軍人にあこがれるのはよくない。軍人を使命とするのは、一部の者だけでよいのだ。おれたちは海へ出て戦うが、諸君は諸君の本分をよく見きわめて、おのおのの本分をつくしてほしい」

と、しずかに説いたという。

育郎のことばに深い感銘をうけた槇は、自分の本分と思う文学の道を選んだ。槇の家は、父も兄も軍人という軍人一家であったが、それよりも槇には尊敬する先輩、育郎のことばのほうが勁《つよ》かったのであろう。

槇をたずねるまえ寺井は、江田島を訪れている。広島湾に抱かれたこの〝海軍兵学校の島〟も、いまは「海上自衛隊幹部候補生学校」と看板が掛け替えられていた。

学校の近くに、〝クラブのおばさん〟橋中静枝の家があった。クラブというのは、兵学校生徒たちが日曜のたびにやってきて羽根をやすめる憩《いこい》の家であった。八十三歳の静枝は、いまも自衛隊幹部生徒のクラブのおばさんをつづけていた。寺井の来訪を欣《よろこ》んだ静枝は、押入れの手箱から一枚の写真を大事そうに取りだしてみせた。それは、育郎が卒業記念に残していったものであった。静枝は写真を膝《ひざ》の上にのせて眺《なが》めながら、育郎の思い出を、昨日のことのように喋《しゃべ》りつづけた。喋りながら涙をこぼし、その言葉のなかに何度か〝兵学校開校以来の秀才〟がでた。その育郎生徒の世話をやいたというのが、静枝の生涯《しょうがい》の自慢らしかった。コロッケの話もでた。静枝が胡椒《こしょう》の量をまちがえてつくったコロッケを、育郎がだまって、涙をこぼしながら食べていたという話である。

「やさしい人でした」

そして静枝は、ヘンデルの「誉れの曲」が流れる卒業式場から出てきた少尉候補生の育郎が、教官や後輩、親兄弟たちの見送りをうけながら、同期生たちと胸を張って、沖合に待つ艦へ出て行った姿を語りつづけた。戦場への第一歩であった。海兵七十期、戦死、七割弱、育郎の第一分隊の中で生き残ったのは二人だけ。

兵学校を出た育郎は、戦艦長門《ながと》、大和《やまと》の乗組みを経て、第二艦隊の旗艦愛宕《あたご》の甲板士官。のち駆逐艦文月の砲術長となる。

十九年一月、ラバウルへの帰途ステッフェン水道にて敵艦載機九十七機の襲撃をうけて応戦。育郎、胸部および腹部貫通銃創をうけ戦死。二十一歳。

「平柳のおじたちの跡をたずねているうちに、奇妙なことに気づいたのです。四人のおじたちの全員の死が墓誌に刻みこまれているのに、なぜか、戒名がつけられているのはこの三男の、育郎おじ一人だけなのです。

母の錫生さんが亡くなったのは戦後十五年たってからです。気丈で几帳面《きちようめん》だったという錫生さんが、どうして残りの三人を過去帳にのせなかったのでしょう」

四男の芳郎は、兄たちと同じように埼玉師範附属小学校から、浦和中学にすすんだ。

そして芳郎は、尊敬する兄、育郎の、

「おまえは、戦闘機乗りになれ」

という勧めから、航空士官への道を選んでいる。戦後、母の錫生が〈育郎と芳郎は、小さな時から小犬みたいにコロ〳〵と仲よく、大きくなってからも恋人同志のように何がそんなに話があるのかと思うほど二人はよく話しあっていました〉と従妹《いとこ》の信枝に宛《あ》てた手紙にのべているように、芳郎は二つ年上のこの兄が好きだった。

こうして陸軍予科士官学校から陸軍航空士官学校（陸士五十七期）そして明野陸軍飛行学校へ。昭和十九年七月一日、芳郎、陸軍少尉。翌二十年三月二十九日第六航空軍司令部付に補《ふ》され、第六十振武隊長となる。

「このときすでに四兄弟のうち次兄の三郎と、芳郎がもっとも愛した三兄の育郎も戦死し、残るのは長兄の誠と芳郎だけになっていたのです。その長兄も、芳郎が特攻隊長を命じられた三日後に台湾海峡で遭難殉職していくのです。都城《みやこのじょう》の特攻基地にいた芳郎は、この三人の兄たちの死を知っていたのでしょうか……もっとも芳郎自身も、それから三十三日目に出撃して兄たちの後を追っていくのですが」

この芳郎おじの跡を尋ねていくうちに寺井は、ふとしたことから第六十振武隊員の倉元利雄少尉（特操一期）の未亡人で、北九州戸畑に住む倉元喜美子を知った。北九州市にむかった寺井は、鹿児島本線の小さな駅、新中原で喜美子と逢《あ》って、若戸大橋に近い家を訪れた。

喜美子は、戦争がおわって四年目、倉元の忘れ形見の幼ない僚子を抱いて戸畑の実家に帰っている。鹿児島の旧地主、倉元家で〝夫のいない嫁〟としてすごした四年の歳月は、喜美子には苦しく、きびしいものであった。庭を掃く箒《ほうき》の目にもしきたりのある旧家と〝よそもの（他国者）〟に容赦のない鹿児島の気風のなかで心をすり減らした喜美子は、やがて胸を病む。以来、戸畑の実家に帰って闘病生活十年。くじけそうになる喜美子を支えたのは、出撃の前夜、生まれてくるわが子のために〈男子なれば倉元宏、女子なれば倉元僚子〉そう命名し〈喜美子　有難う　有難う　俺は幸福だつた〉と書きのこしていった倉元の遺書であった。

「平柳隊長さんのことは、よくおぼえています。とても二十一、二歳とは思えない、毅然《きぜん》とした方でした」

歩きながら喜美子は、呟《つぶや》くように、寺井にいった。

喜美子は、特攻宿舎の千亭からトラックで東飛行場にむかう第六十振武隊を見送っている。雨あがりの、まだ夜の明けきらぬ早い朝であった。

「トラックの助手席に平柳隊長が坐《すわ》り、倉元や少年飛行兵の隊員さんは荷台に乗って、見送りの千亭のおかみさんや女中さんや私たちに挙手の礼をし、微笑しながら去っていきました。トラックの上から、だんだん遠くなっていく私たちに手をふっていました。見えなくなるまで、みんな手をふっていました……」

倉元は、最後の日まで喜美子に自分が特攻だということを告げなかった。結婚したといっても、式をあげただけの名ばかりの年若い喜美子を悲しませるにしのびなかったのであろう。

その倉元から「いま都城にいる。来ないか」という電話があったのは二十年の四月下旬であった。とびたつ思いで喜美子は都城に行った。倉元は喜美子のために、駅前の藤の井旅館に宿をとってくれていた。藤の井は、特攻隊員が宿舎にしている千亭の、すぐ隣りの旅館であった。喜美子はこの宿で、倉元が出撃するまで〝新妻〟としての暮しをおくることになる。

だが、これは当時の峻厳《しゅんげん》な軍律からみても、出撃前の隊員が妻と一緒に起居するというのは異例のことであった。ことに機密保持を厳守した特攻隊では考えられないことであった。倉元が喜美子を呼び寄せたその背後には、隊長平柳芳郎の思いやりがあったのであろう。

「やさしい隊長でした」

芳郎の心くばりが、旅館にも隊員たちにも通じたのであろう。みんな喜美子を大事にし、仲間のように扱ってくれた。喜美子は、そんな隊長や隊員たちの表情を、持ってきていた写真機で撮った。

「これが、その時の平柳隊長です」

別れぎわに喜美子は、寺井の手に一枚の写真を渡した。

「五十一年の初秋、やっと念願がかなって都城郊外の東飛行場跡を訪れることができました。飛行場跡は住宅が建ち倉庫のような建物が点在していましたが、その殆《ほと》んどがまだ広々した草の広がりでした。宿舎の千亭から飛行場への途中、隊員たちがトラックで渡っていった沖水橋や朝露をおびた草のひろがりのなかにたたずんでいますと、痛恨の思いがひしひしと湧《わ》きあがってきます。

沖水橋還《かへ》るなき身のはこばれて渡りし明けのかのままの川

亡き君とかく逢へりける幽明の土のひとくれ菊の一束　俊一」

都城の市街は戦後一変して、駅前にあったという千亭や藤の井旅館の跡は道路になっていたが、幸運にも寺井は、隊員たちの世話をした当時の女子青年団や女学生を尋ねあてる。

「わたしたちは第六十振武、第六十一振武の隊員さんのお世話をさせていただきました。隊員さんは六時半ごろお目ざめになられまして、七時頃お食事でした。わたしたちはお膳立《ぜんだて》をしてお給仕もさせていただきました。六十振武の平柳隊長様と六十一振武の岡本隊長様が上座に、その両側に隊員さんが、まごころをこめて致しました朝食を、ニコニコと嬉《うれ》しそうに笑って食べて下さいます。とてもにぎやかです。あまりの嬉しさにつりこまれて、うっかりお給仕の方を忘れてしまって、いつか岡本隊長様がながいことお茶碗《ちゃわん》を持っていらっしゃいました。ごめんなさいませ、と言いますと、やぁ、おかげでずい分お腹《なか》がすいたよ、と言われまして皆様を笑わせられました。

(特攻訓練に)迎えのトラックが七時四十分頃まいります。六十振武は東飛行場、六十一振武は西飛行場へと出発して行かれます。わたしたち女子青年団十名は一列に並んでお見送り致します。

夕方、六時半頃お帰りです。一日中の猛訓練のおつかれをお顔にあらわされる事なく、元気一ぱいで〝只今《ただいま》〟と帰って来られます。みんな玄関でお迎えを致します。すぐ入浴されて七時すぎ夕食です。夕食時はほんとに賑《にぎ》やかです……やがて(第六十一振武隊の）来たるべき日が明日に迫りました。お荷物の整理のあと、最後の宴会です。岡本隊長様はいつもの通りの笑顔で、六十振武の平柳隊長様に「すまないが先に征《い》くよ、三途《さんず》の河で待っているからな」と話しておられます。そのお言葉をきいた途端、お給仕をする私たちは、胸がつまり今迄《いままで》がまんしていた涙がとめどもなく流れました……振武六十の皆様も五月四日に散られました。きっとあのとき岡本隊長様が言われましたように六十の隊長様を三途の河で待っていらっしゃった事でしょう……（村中スズ子）」

「特攻隊の宿舎にあてられた千亭へは、よく遊びに行きました。隊員さんたちは十六から十七ぐらいの少年のように私には見えましたが、たった一人だけですが妻帯しておられる方がおられまして、私が偶然二階に昇ったところ、その若い奥様がしっかりと軍刀を抱きしめて泣いておられる姿が目に映って、それがつよく印象にのこっております。……特攻隊の出撃する際に私もお見送りしたことがあります。飛び立った特攻機は、いよいよめざす敵艦をみつけてこれから体当りするという時には無電で連絡することになっておりました。私たち女学生は特攻機を見送った後もすぐ帰らず無電が入るまで待っていました。ところが七、八機飛び立っても途中でグラマンに落されるのでしょうか。実際に無電が入ってきたのは一機か二機でした。（久保美代子・女学校四年)」

九州の旅から帰った寺井のところに一通の手紙が送られてきていた。浦和の詩人、槙皓志からのその封筒のなかに、古びて黄ばんだ便箋《びんせん》四、五枚が折りたたまれていた。寺井は便箋をひらいた。手紙の宛先は佐山つた子様となっていて、差出人は西本薫、いずれも寺井には初めてみる名であった。

〈略〉先達《せんだつて》は平柳御遺族様の御様子御多忙中お知らせいただいて洵《まこと》に有り難う存じました。……只今お彼岸中、美しく咲いた彼岸花を眺めてゐますと、小雨に煙つた静かな大空から伜《せがれ》日出夫と共に平柳芳郎様の御霊《みたま》もお出《いで》下さるのではないかしらとさへ思はれる程、ほんの一時の間のお近づきでしたが、私の家とは永遠に切れぬ御縁となつてゐます。

思ひおこせば、東京で獣医学を学び馬政局に採用せらるゝ様になつてゐた子息は、学徒動員の為《ため》、戦闘機操縦士となり、学生服で出たまま一度も帰りませんでした。昭和二十年四月、日出夫とは鹿児島知覧《ちらん》の基地で会へましたが帰途、日出夫がお世話になつた熊本県熊の城(隈の庄)飛行場近くの西岡様方にお預かり頂いてゐる(日出夫の)私物があり、西岡奥様よりのお招きもあり御礼かたがた御伺ひ致しました。日出夫と入れ代りに西岡様宅には平柳様が泊られてをりました。平柳様とは、基地に向け出発の為の集合五分前の、初めての、短いお目もじでした。日出夫は平柳様たち特攻機の掩護《えんご》の役でありました。そんな関係で、神様の引き合せとでも申しませうか。わづかな時間を惜しんで語りあひました。集合の時間もせまりました時、有り合せの帳面を一枚とつて最後の筆跡かと思はれるお元気な一筆を私に下され、

「お国の為めに捧《ささ》げる自分の命は惜しくはないが、私には年老いた一人の母が居《を》ります。私が死んだ後の母が可哀相《かはいさう》です」

と、かう語られました。母一人とだけでそれ以外詳しい事はお聞きする時間もなくお別れの時間がきました。平柳様は特攻振武隊長でいらつしやいました。奇蹟《きせき》以外に命のない方の御筆蹟かと思へば、おかはい相に思はれて着替に持つてゐた新しい肌着《はだぎ》で包んで大切にして、リュックで背負つて帰宅いたしました。

日出夫は間もなく戦死し、平柳様の生死はわつきり判《わか》らぬままに日出夫の遺墨と共に表装致し、大切に保存致してをります……平柳芳郎様は子息と共に私の身近に在られます。不思議な御縁に平柳様の御冥福《ごめいふく》を遥《はるか》に御祈り申し上げます〉

「芳郎おじは死にのぞんでも寡黙《かもく》で、母にも友人にも一行の遺書ものこさず出撃して

いきました。その芳郎おじの唯一《ゆいいつ》の絶筆が遺《のこ》されていると知って、わたしは心をふるわせました。見たい。一目でいいから見たい。けれど、手紙の文面からは故西本日出夫氏の老母、薫様とだけで住所も判らず、困りはてました。ところが翌年の春、芳郎おじの墓参にきてくださった同期の、陸士五十七期の川口裕之、深川厳、大石保の三氏の奔走によって西本薫様との連絡もつきました。そして、ほどなく届いた一葉の写真に、

　必中必殺　振武隊隊長平柳少尉《しょうい》

と、芳郎おじの雄渾《ゆうこん》な筆蹟がみえます。特攻隊を掩護して散華《さんげ》された西本日出夫隊員の戦隊も、都城西飛行場に司令部があった第百飛行団第百三戦隊とわかりました。特攻機突入の華々しいニュースの陰に、こうして散って逝《い》かれた幾多の若者があったのです。それにしても……」

そう言いかけて寺井は、声を落した。戦争は平柳四兄弟を母・錫生の手から奪ったあと、終った。

戦後、日本人は変貌《へんぼう》する。すべての責任を戦いに斃《たお》れた人たちにかぶせはじめたのである。特攻の若者や少年たちの〝殉国〟に世間が報いたものは罵倒《ばとう》であった。浦和

の町も、例外ではなかった。かつて浦和の誇りとして、国民学校の児童たちが敬礼をして通った平柳家にも、刺すような雑言《ぞうごん》が浴せられた。錫生は外に出なくなった。そんな錫生に追い打ちをかけたのが、軍人恩給の廃止であった。唯一の収入源を国から絶たれ生活に窮した錫生は、やがて家屋敷を人手に渡して、病む身を病院の一室に横たえる。ながい入院生活ののち錫生は、ただ一人最後まで世話を見つづけた詩人の槙に見とられながら、七十年の生涯をとじる。こうして平柳の家は絶えた。いのちが終ろうとする際に錫生は、いままで胸の奥にためていた思いを一気に噴《は》きだすように激しく吐血したという。

——四兄弟の跡を尋ねてきた寺井には、錫生がなぜ三男の育郎以外、三兄弟の戒名を過去帳にのせなかったのかその意味がわかるような気がした。考えてみるとはっきりと遺骨が還ってきたのは育郎だけであった。あとの三兄弟は戦死の公報はあったものの、海底に、南の島に、沖縄の空に消え、遺骨のかげさえもない。墓碑だけは建てたけれど、錫生にはなお信じかねたのであろう。三兄弟を死者の名で過去帳に記す気にはなれなかったのであろう。過去帳の空白は、そのうちにひょっとして帰ってくる子もいるかもしれない、そう念じた母ごころからであったのだろう。

九州から帰ったあと寺井は、妻とふたり浦和の市営墓地を訊《たず》ねた。香華を手向け水をそそぎ、ながい合掌をおえて立ちあがると、墓碑のむこう、ぬけるように蒼《あお》い秋の空にひとひらの雲がうかんでいた。それは都城東飛行場の露草の原の涯《はて》に見た、あの白い雲にどこか似ていた。

はるけくも歳月《とし》へて立てり雲遠く君征きましし東雲《しののめ》の原　俊一

第十一話　父に逢《あ》いたくば蒼天《そうてん》をみよ

橘保の語る――

「第六十四振武隊国華隊の渋谷大尉《たいい》以下十一機が、鹿児島県の万世《ばんせ》飛行場に着陸したのは、二十年六月九日の午後四時でした。

……いいえ、特別攻撃隊として編成されたのは、それより二ヵ月前の四月、福島県原ノ町の飛行基地です。その日から渋谷隊長（少飛三期、山形県出身）以下十一名の隊員は、三陸の洋上で急降下や超低空の艦船突入の訓練をつづけていました。北方からの敵、アリューシャン方面への出撃に備えての猛訓練でした。――それが急に連合軍の沖縄上陸、本土爆撃などといった戦局の変化で、九州にむけられたのです」

八牧美喜子の手記――

〈特攻編成と同時に国華隊は、原ノ町の柳屋旅館に宿泊することになりました。隊長は妻子のある方でした。すでに二歳の一女があり、（特攻）突入の日に生まれ変りかと不思議がられた男の子を生んだ身重の妻を残しての出陣でした。国華隊が原ノ町出発の日、お腹《なか》の大きい女の人が飛行場の片隅《かたすみ》から見送っていた事を私も記憶していま す。

隊員の方々は、音楽好きなロマンチスト揃《ぞろ》いでした。松永の叔父の家を訪ねてきて、叔父が集めたレコードを聴き、それぞれ好きな曲を口ずさみながら土蔵の前の裏庭を歩いていたあの頃の隊員たちの声が、いまも耳の底に残っています。ラ・クンパルシータと綽名《あだな》をつけられていた横田さん、パリ祭のレコードばかり聴いていた井上清さん、突入する一週間前、目達原《めたばる》基地で《美喜ちゃん、小生の好きな音盤、白鳥をかけて下さい。遠い此《こ》の地で耳をすまして聞いています》と手紙を書いた加藤俊二さん……〉

五月二十八日　原ノ町名物の三百メートルの白亜の無線塔を眼下にみて、基地を飛び立った国華隊は大阪、大正（現・八尾）飛行場を経て佐賀県目達原基地に到着。待機。

一両日中にも出撃かと覚悟をきめていた隊員たちであったが、後方基地目達原での待機はながかった。戦場の沖縄一帯の天候不良のためである。

六月一日　南西諸島に停滞する不連続線のため、第十次航空総攻撃、延期。
六月二日　不連続線南下するも依然停滞。総攻撃ふたたび延期。
六月に入っても、天候はあいかわらず不良であった。
この雨季を読みとった渋谷大尉は、隊員の家族たちに手紙を書いた。〝遺品受領のため目達原の宿舎に来られよ〟と言うのである。もちろん〝遺品受領〟は名目にすぎない。残りすくない隊員の最後の時間を、家族と過させるためであった。

井上たかの語る——

「隊長殿から〝家族の人は遺品を受け取りに基地まで来てよい〟といわれ、私どもは六月一日の夜遅くまで、物資不足の中を馳《か》けずり廻《まわ》って、好物の品々を求め、家族四人、佐賀の宿舎の西往寺へ急行しました。
息子（井上清軍曹《ぐんそう》）は、子供の頃からパイロットになるのが夢でした。中学時代からグライダー部に入部、親の心配をよそに空を飛ぶことに熱中していました。学校卒業後、米子《よなご》航空乗員養成所に入所して、二ヵ年の勉強後、福島で軍隊教育をうけ、宮崎県の飛行学校教官として配属されました。それから後、福島県の部隊に行くから、ということで何やらわからず過していますと、この五月、突然の休暇で帰ってきまして『今夜は、家族みんなと一緒に寝ていいか』と申します。二十四歳の青年がおかしなことをいうと思っていましたら、あの子は黙って、血書した鉢巻《はちまき》を私の前に置きました。特攻隊で行くのか、と私は息をのみました。

……そんなことがありましたので、飛び立つ思いで佐賀の宿舎へ馳けつけました。宿舎には婦人会や、村の方がたが慰問に、毎日々々、そのころもう手に入らなくなったような食べ物まで持ってきていただき、有り難く涙にむせびました。隊長殿以下十一名の隊員さんたちは、慰問の村の人たちに、同期の桜をはじめ、思い出の歌を唄《うた》って、感謝しているようでした。私どもも初めて〝同期の桜〟を聞いたときは、泣かされました。

ところが、二日、三日と経《た》っても、出動命令が出ません。あまり長居をしてお邪魔をしてはと思い、隊長殿に『明日、福岡へ帰ります』と言いますと、『出動するまで、皆と暮して、お母さんがわりをしてやって下さい』との情けぶかいお言葉をいただき、次女と十日間、隊員の皆様と宿舎を共にし、お世話をさせていただき、もう思い残すことはありません。隊員の方は、北海道から福島、東京、大阪、九州と全国にまたがり、ご家族の方がたも〝遺品受け取り〟の名目で、次から次へと面会に来られていました。これも隊長殿の深いお情けのお蔭《かげ》と、いまも感謝いたしております」

国華隊は渋谷健一大尉、巽精造少尉（幹候九期）、稲垣忠男少尉（特操一期）、橘保曹長（逓信《ていしん》省乗員養成所九期）、井上清軍曹（同十期）、稲島竹三、加藤俊二、斎藤正俊軍曹、岸田盛夫伍長（少飛十三期）、森高夫伍長（同）、それに鈴木伍長の十一人で、加藤隼《はやぶさ》戦闘隊出身の戦闘機乗りとして勇名を謳《うた》われた搭乗《とうじょう》時間三千時間の渋谷大尉をはじめ飛行学校の教官、助教クラスのベテランぞろいの隊であった。

六月四日、台湾東方海上になお低気圧。九州薄曇、沖縄曇のち雨。

六月五日、菊水九号作戦（海軍）特攻出撃するも天候変化のため引返す。第六航空軍（陸軍）特攻出撃予定を変更、延期。

六月六日、九州南方海上に梅雨不連続線。作戦不能（「陸軍航空誌」防衛庁戦史室）なるも特攻出撃を強行。知覧《ちらん》出撃三十機。

六月七日、九州曇、所々雨。第六航空軍、重爆四機にて沖縄本島へ物量投下作戦を企図するも、天候不良のため失敗。万世から特攻出撃六機。

六月八日、九州の天候回復にむかう。特攻、知覧・都城《みやこのじよう》東《ひがし》・万世から十三機出撃。

……こうして国華隊の待機も、やがて天候の回復と共にようやく終りを告げる。

井上たかの語る――

「いよいよ、明九日午前十時、目達原基地発進との命令がくだりました。いままで朗らかで無邪気だった隊員さんも、にわかに緊張して、身のまわりを整理するひと、敵艦船轟沈《ごうちん》は自分が一番乗りだというひと……。

翌朝、午前九時、宿舎を出、トラックで目達原基地に着きました。隊長殿の訓示をうけ、写真好きだった息子（井上軍曹）は、出発前の隊員さんたちの勇姿をカメラにおさめ、皆さんと一緒に同期の桜を歌って、飛行機に乗りました。国華隊の編隊は、飛行場の上空で何回も何回も旋回しながら、見送りの人びとに翼をふって、南の万世基地へ飛んで行きました」

橘保の語る――

「（万世での）宿舎は飛龍荘。九日の夜は、満天の星でした。翌十日、トラックで万世飛行場におくられ、作戦を練りながら終日、命令を待ちました。じりじりと油照りの暑い一日でした。その日は、とうとう命令が出ませんでした。今日もまだ生きているな、そう言いあって宿舎に帰りました。寝苦しい夜でした。眠れぬままに私は外にでて、月明りの加世田の町をひとり歩きまわりました。

翌朝、食事をすませてまたトラックで飛行場へ。十二時集合命令、〝第六十四振武隊国華隊は、本日（六月十一日）薄暮（午後七時十分）を期して、沖縄、中城湾《なかぐすく》および嘉手納《かでな》湾の敵艦船を攻撃せよ〟がでたのです。私たちは全員、作戦室に集合して最後の打ち合わせにかかりました。

十七・〇〇　全機エンジン始動

十七・一〇　第二小隊　巽精造少尉以下三名離陸

十七・一五　第三小隊　稲垣忠男少尉以下四名離陸

十七・二〇　第一小隊　渋谷健一隊長以下四名離陸

ということでした」

渋谷隊長が国華隊を三分したのは、沖縄周辺の制空権はすでに圧倒的なアメリカ空軍の手のなかにあったからである。上空八千メートルまで、新鋭戦闘機を三段に配し哨戒網《しょうかいもう》を張りめぐらしたその真っ只中《まただなか》へ、飛ぶたびに鋲《びょう》がゆるんでくる旧式の軽飛行機群が、護衛戦闘機もなく、重い爆弾を抱えてよろよろと、どうして飛びこんでいけるというのか。そのためには薄暮の一瞬をとらえ、特攻機を分散して突入する以外に法はないのだ。一機でも、二機でも、目的地上空に辿《たど》りつければ……そんな祈るような思いであったのであろう。

特攻隊員たちの世話をしていた高女生たちが、油の洩《も》れる飛行機の座席を、その時々の花でうずめ、人形を飾ったのも、それが死に赴く若者や少年たちへの精一杯のはなむけなのであった。

午後五時。すでに唐仁原《とうじんばい》の松林のなかから引き出された九九襲撃機が出発線に並び、二百五十キロ爆弾の爆装もおわった。隊員たちは、恩賜《おんし》の別盃《べっぱい》をすませたあと、一列横隊に整列し、渋谷隊長の最後の搭乗申告と共に、愛機の傍に駈《か》け寄り、機付長から〝異常なし〟の報告をうけ、機上の人となった。

苗村七郎の語る——

「渋谷大尉は、万世特攻隊ただ一人の妻帯者で三十二歳。出撃のとき、愛児の写真を胸に入れ、『子供に不孝なようだが必ずわかってくれる時があろう』そう言ってバンバンと足踏みをし、白鞘《しろさや》の短刀を握って、矢印へ桜をあしらった（原ノ町基地で相馬高女生たちが描いた国華隊のマーク）尾翼の方からヒラリと愛機へ飛び乗った大尉の後ろ姿が、いまも鮮烈に眼の底に残っています」

午後五時十分。第二小隊巽機から滑走開始。九九襲撃機特有の、数百台のオートバイを一斉《いっせい》にど、ど、どっ、と始動するような爆音のなかで、一機、また一機と重い機体をつんのめらせるようにして浮かんでゆく。二百五十キロ爆弾を装着すると、滑走距離は通常の場合よりも二、三百メートルも長くなり、操縦桿《そうじゅうかん》も異常な重量感があり、速度が落ち、はがゆいくらい加速がつかないのだ。

第二小隊につづいて……第三小隊……第一小隊が離陸し、上空でゆるやかに編隊を組み、一路、沖縄にむかった。万世基地最期《さいご》の特攻行であった。

この日、知覧から出撃するもの三機。以後、知覧・万世からの特攻出撃は絶える。

こうして南方海上に出た国華隊の行く手に、黒い波のように雨雲が押し寄せてくる。陽が沈むとともに、視界は急激に悪化した。雲が厚く、つよい雨が降りはじめた。その叩《たた》きつけるような豪雨のなかで、第一小隊の鈴木伍長機が黒煙を吐いて脱落……つづいて機関に故障を生じた橘曹長機もまた、先を飛ぶ渋谷隊長機、岸田伍長機を見失って、枕崎《まくらざき》裏の山中に墜落、大破。目標の敵艦船の泊地、中城湾・嘉手納湾上空に到着したもの九機。突入の無電を発したもの三機である。

——国華隊の果敢な行動が、航空総軍司令官によって全軍に布告され、感状を与え

られたのは二十日後の七月一日であった。が、その一枚の紙片よりも清々《すず》やかなのは、渋谷大尉を中心とした隊員たちの、

「われは石に立つ矢、ただ突撃あるのみ」

と念じた若者や少年たちのひたむきな祖国愛と、不退転の使命感であった。

特別攻撃隊というのは、一般の軍隊組織のように隊名や隊長が定められてはいるものの、厳密にいえばそれは先導者《リーダー》をもつ殉国の同志の集団といったほどの意味でしかない。隊長であっても、人事や賞罰などの統率権はなかった。それゆえに特別……なのである。階級の上下はあっても、すべてが同志なのだ。その同志愛がなければ、連帯感の昇華がなければ、特攻（死）の決意など、ながく持ちつづけていけよう筈《はず》はなかった。

国華隊の隊員たちは、十八、九歳から二十三、四歳までの若者であった。かれらは師とも兄とも仰ぐ歴戦の名戦闘機乗り渋谷大尉の行動そのままに、出撃にあたっては殊更《ことさら》に遺書を残すこともなく、まるで飛行訓練にでも出かけるように、永訣《えいけつ》の盃《さかずき》を酌《く》みかわし、同期の桜を唄ってたがいに肩を叩きあい、悪天候下の沖縄海域の米機動部隊にむかって突入していったのである。

「われは石に立つ矢……」

いま、四十年という歴史の歳月を濾《こ》して太平洋戦争を振り返ってみれば、そこには美があり醜があり、勇があり怯《きょう》があった。祖国の急を救うため死に赴いた至純の若者や少年たちと、その特攻の若者たちを石つぶての如《ごと》く修羅《しゅら》に投げこみ、戦況不利とみるや戦線を放棄し遁走《とんそう》した四航軍の首脳や、六航軍の将軍や参謀たちが、戦後ながく亡霊のごとく生きて老醜をさらしている姿と……。

渋谷光の語る——

「主人（渋谷健一中佐）にとっては日常の会話が遺言のようなものでしたので、とくに遺書らしいものもございません。ただ子供たちの成長の後にと、福島県原ノ町の宿舎から五月初めに書いて送ってくれたものがございます」

渋谷健一の手紙——

〈父より倫子ならびに生まれてくる愛《いと》し子へ
真に今は皇国危急なり、国の運命は只《ただ》一つ航空の勝敗に決す。翼破るれば本土危し。三千年の歴史と共に大和民族は永久に地球上より消え去るであらう。先輩の偉業を継いで、将《はた》また愛する子孫のために断じて守らざるべからず。皇土かくの如くにして全航空部隊特に空中勤務者全員昭和二十年桜の候と共に必ず死す可《べ》く事に定りたり。父は選ばれて攻撃隊長となり、隊員十一名、年齢僅《わづ》か二十歳に足らぬ若桜と共に決戦の先駆となる。死せずとも戦に勝つ術《すべ》あらんと考ふるは常人の浅墓《あさはか》なる思慮にして必ず死すと定まりて、それにて敵に全軍総当りを行ひて尚《なほ》かつ現戦局の勝敗は神のみ知り給《たま》ふ。真に国難と謂《い》ふ可《べき》なり。父は死しても死するにあらず、悠久《いうきう》の大義に生くるなり。

一、寂しがりやの子に成るべからず。

母あるにあらずや。父もまた幼少に父母病に亡《な》くなれど、決して明るさを失はずに成長したり。まして戦に出て壮烈に死せりと聞かば、日の本の子は喜ぶべきものなり。

父恋しと思はば空を視《み》よ。大空に浮ぶ白雲に乗りて父は常に微笑《わらひ》て迎ふ。

二、素直に育て。

戦ひ勝ても国難は去るにあらず、世界に平和のおとづれて万民太平の幸を受けるまで懸命の勉強をする事が大切なり。

二人仲よく母と共に父の祖先を祭りて明く暮すは父に対しての最大の孝養なり。

父は飛行将校として栄の任務を心から喜び神州に真の春を招来する神風たらんと

す。皇恩の有難さを常に感謝し世は変る共忠孝の心は片時も忘るべからず。
三、御身等の母は真に良き母にして、父在世中は飛行将校の妻数多くあれども、母ほど日本婦人としての覚悟ある者少し。父は常に感謝しありたり。戦時多忙の身にして真に母を幸福に在らしめる機少し、父の心残りの一つなり。
御身等成長せし時には父の分まで母に孝養尽せらるべし。これ父の頼みなり。現時、敵機爆撃のため大都市等にて家は焼かれ父母を失ひし少年少女数限りなし。之《これ》を思へば父は心痛極りなし。御身等は母、祖父母に抱かれて真に幸福に育ちたるを忘るべからず。書置く事は多けれど大きくなつたる時に良く母に聞き、母の苦労を知り、決して我儘《わがまま》せぬ様望む〉

感状

陸軍大尉　渋谷健一
陸軍少尉　巽　精造
同　稲垣忠男
陸軍軍曹　井上　清
同　斎藤正俊

同　加藤俊二
同　稲島竹三
陸軍伍長　岸田盛夫
同　森　高夫

右ハ沖縄方面ニ来寇《らいこう》中ナル敵艦船群ノ攻撃ヲ命セラル、ヤ昭和二十年六月十一日周到ナル準備ノ下勇躍出動敵機ノ跳梁《ちょうりょう》スル洋上ヲ長駆突破シ沖縄周辺ニ達スルヤ敵戦闘機ノ妨害ト熾烈《しれつ》ナル対空砲火トヲ冒《おか》シテ敵船群ニ殺到強烈必殺ノ体当リ突撃ヲ決行シテ之ヲ破摧《はさい》シ以《もっ》テ皇国守護ノ大任ヲ果セリ
其《そ》ノ武功真ニ抜群ニシテ其ノ忠烈ハ全軍ノ亀鑑《きかん》タリ仍《よっ》テ茲《ここ》ニ感状ヲ授与シ之ヲ全軍ニ布告ス

昭和二十年七月一日

航空総軍司令官陸軍大将
従三位
勲一等　河辺正三
功二級

第十二話　約　束

六秒吹鳴……三秒休止。

六秒吹鳴……三秒休止。

それを十回くりかえせば、空襲警報発令。

そうです、あの晩のサイレンの音は、いまもよう覚えています。忘れよと言われても、忘れられますか。昭和二十年三月十三日、初の大阪大空襲。夜なかの十一時半ごろから十四日の午前二時ごろまでに、飛んできたＢ29が九十機、落した油脂焼夷弾《しょういだん》が六万五千発。

知ってますか、焼夷弾ちゅうのは空中で一ぺん炸裂《さくれつ》し、一発の焼夷弾は七十発の焼夷筒に分裂して地上に叩《たた》きこまれてくるのです。それも、前の爆撃機がまず油を撒《ま》いて飛ぶ、そのうしろからＢ公（Ｂ29）の大編隊がぐるっと市街地を包み囲んでその外側から焼夷弾を落していく……無差別のみなごろし爆撃ですわ。

それに、焼夷弾は叩けば消えるから必ず消せ、と軍や役所からきびしく教えこまれていました。みんな必死でその通りにした。気がついたときは、千度を超える高熱の、逃げ場のない焔《ほのお》の壁にとり巻かれていたのです。こんな殺生《せっしょう》なはなしがおますか。まるで、B29と日本の軍・官が共謀して大阪市民をなぶり殺しにしたようなもンでしょう。わたしらの地区はさいわい（と言っては何ですが）この夜の爆撃からまぬがれることができましたが……。

当時、わたしら明星商業の生徒も勤労動員されて、大阪港にちかい帝国精機の工場で油まみれになって働いていました。十四歳、二年生でした。勤労生徒は一分隊十名の編成でしたが、その十名も十三日の空襲で金野、吉田の二人を失い、八名に減っていました。

分隊長をしていたのが、新子《あたらし》鉄男。わたしの家の筋向いのうどん屋の子ォで、鉄ちゃん。小学校から明星商へと一緒にすすんだ幼な友だちで、下町の商売人の子らしく働き者の鉄ちゃんは、いつも出前のおかもちをさげ「まいど、おおきに、まいど、おおきに」と走りまわっておってでした。鉄ちゃんは向う意気がつよい癖に、世話ずきで面倒見がようて、分隊長役がぴったりの少年でした。親父《おやっ》さんがすすめよるさかい、わいは商業学校へ入ったけど、

「見ててや、わいは……」

と、鉄ちゃんはよう言うてでした。

「いまにサカイチのうどん屋になったる」

ええ、サカイチいうのは、日本橋一丁目が日本一といった大阪商人らしい言いかたで、サカイチは大阪一、つまり大阪一番のうどん屋になっちゃると言うンです。

幼いころから鉄ちゃんには、それこそ耳にタコがでけるくらい、うどんの講釈をきかされたもんです。

ま、うどん屋の子ォの鉄ちゃんが、うどんうどん言うのもむりはないンです。大阪というと、すぐにキツネうどんを連想しますけど、実際、戦前の大阪にんげんはようどんを食うてきました。船場の商家でも一日と十五日には必ずうどんの出前をとります。丁稚《でっち》どんは素《す》うどん、番頭はんになるとキツネが食べられ、お家はんは小田巻きをとってました。また、月末になると、どの商家でもカマボコにもち米を入れ糝薯《しんじょ》じたてにしたものを具《ぐ》にいれたツゴモリうどんの出前をとります。モチはお金を吸いよせるという縁起をかついだもんです。

鉄ちゃんのはなしになると、どうしても受け売りのうどん話になって恐縮ですが、もうすこし辛抱して聞いてやってください。すみません。……わたしも、こうして鉄ちゃんからよう聞かされましてね。

鉄ちゃんの親父さんいうのは、戦前ようあった、店から店へうどんを打ってまわる麺《めん》打《う》ち職人〝打ち屋〟さんあがりでしたから、鉄ちゃんも小学生のころから、見よう見真似《みまね》で毎朝、三十分ほどかかって二升玉を一つ打ってから登校する、というのが日課になっていたようです。

「うどんづくりは水も粉ォも大事やけど、一番むつかしのンは塩の加減や」

上手な料理人のことを、塩を上手につかうひと〝塩番《じょうばん》〟ちゅうのやぜ、と鉄ちゃんは何処《どこ》で聞いてきたのか、大人びた口ぶりでよう言うてました。また、

「うどんを打つときは何も考えず、無心で打つこと。それがコツや」

でないと、喰《た》べおわってから〝ああ美味《うま》かった〟というほんもののうどんは出来《でけ》へんのや。その無心の境地に入るため鉄ちゃんは、いつも、

「サカイチ……サカイチ……サカイチ……」

て、お経みたいに唱えてるのやそうです。もっとも、うどん踏みをやらされた小学生のころは「タニイチ……タニイチ」だったそうですが、明星商に入ってからは自分で一階級進級させて、谷町一番から大阪一番にしたのやと笑うておりました。

「鉄ちゃん、大阪一番のうどん屋になったら、次はどないするのや」

そう訊《き》きますと鉄ちゃんは、大きな目をかがやかせて、仏様でも拝むようなしぐさで両手をすりあわせて、

「カミイチ（上方《かみがた》一番）……カミイチ……その次は、ポンイチ（日本一）……ポンイチ」

と、剽軽《ひようきん》な顔をしていました。

大阪一のうどん屋を目標にしている鉄ちゃんの〝先生〟は順慶町井池《じゆんけいまちどぶいけ》の大阪うどんの老舗《しにせ》の松葉家でした。ここは元祖キツネうどんの店で〝打ち屋〟をしていた父親が出入りしていたことから、鉄ちゃんもよく顔をだし、主人の辰一《たつかず》さんに可愛《かわい》がられ手もみのコツなども教えてもろうていたようです。

「油揚《あぶらげ》は生絞りの菜種油で揚げた京都もンを、能登《のと》の塩と讃岐《さぬき》の和三盆《わさんぼん》で味つけして、醬油《しようゆ》は一切つかわん……ダシは焼酎《しようちゆう》をねかせた味醂《みりん》と塩と真昆布《まこんぶ》に、屋久島の本節《ほんぶし》に西伊豆のメジカ節……。うどんをゆがく湯をわかすのは紀州の備長炭《びんちようたん》、ダシをとる湯は松炭を使《つこ》うて……」

戦争が終ったら、そんなアゴのおちるようなうどんを作るのやと、鉄ちゃんの口癖でした。

「粉ォは内地小麦の農林六十一号、それを水車の石臼《いしうす》でひいて絹目二千二百番のフル

イにかけて」

それが、鉄ちゃんの理想だったのでしょう。

が、現実の世間は、野草や芋のつる、イナゴ、ヌカ団子と、手あたりしだいに食い尽し食糧難もどん底まできていた昭和二十年です。けれど、そんな世相であったからこそ鉄ちゃんの夢もまた膨れあがっていったのかもしれません。

飢えていたといえば、痩《や》せて目ばかりひからせていたわたしたちは、よく鉄ちゃんからうどんをごちそうになりました。というのは、ミナミの麵類組合長をしていた松葉家では、島ノ内警察署のすすめもあって、月に幾度か、十一時ごろから一杯八銭のうどんを二百杯ほど売ります。もちろん、店先は長蛇《ちょうだ》の列ですが、前夜からその松葉家へうどん打ちの応援に出かけた鉄ちゃんは、鍋《なべ》いっぱいのうどん玉と一升瓶《びん》につめたダシをもらって朝早く帰ってきます。その日はわたしたち分隊八人は鉄ちゃんの家へ集まり、工場への出勤前にその鍋を囲んでよく御馳走《ごちそう》になったもンです。

……鉄ちゃんの死をお話するまえに、大田原軍曹《ぐんそう》との出逢《であ》いを申しあげねばなりません。鉄ちゃんが軍曹と親しくなったのは、持ちまえの世話ずきからでした。

飛行輸送員の大田原軍曹の任務は、新鋭戦闘機を一線部隊に運び、それと引き替えに旧型機に乗って帰るという、華やかな飛行隊のなかでは地味な仕事です。

この日も軍曹は、名古屋の小牧基地から四式戦、疾風《はやて》を大正飛行場に運び、九七戦を操縦して帰る予定でしたが、機関の不備で二、三日の足どめをくってしまったのです。で軍曹は、その時間を利用して大阪へ出、二ヵ月前に小牧上空で戦死した同期生の家を訪ねようとしたのですが、三月十三日の大空襲あとの焼け野原で迷ってしまい、そこへ通りかかった鉄ちゃんが道案内を買ってでたというわけです。

けれど、この道案内は大失敗でした。瓦礫《がれき》だらけの焼跡で目標も見当も狂ってしまい、一時間も一時間半もどんどん歩きまわったあげく、先刻と同じところに出てきた時は、さすがの鉄ちゃんも照れ臭くなって、仕方なく、

「このド阿呆《あほう》……しっかりさらせ！　しゃんとせえ！」

と、自分のイガグリ頭をぽかぽか殴りつけたといいます。これには軍曹も笑ってしまい、戦友宅訪問は中止。ですが、これが縁になって軍曹は、大正飛行場に着いたときは鉄ちゃんに連絡し、鉄ちゃんもまた飛行場へよく遊びに行っていたようです。

わたしは一度……いや、二度でしたか、鉄ちゃんの運搬用自転車の荷台に乗せられて大田原軍曹を飛行場に訪ねていったことがあります。大田原軍曹は長身で色の浅黒

い、いかにも戦闘機乗りといった若者でした。いまから考えると、二十一、二のその軍曹の姿がずいぶん大きく、まぶしいほどの大人に見えたものです。

衛門まで迎えにきてくれた軍曹と、飛行場の隅《すみ》の草原に坐《すわ》りこんで、チョコレートや防吐《ぼうと》ドロップ、きんとん飴《あめ》に似た葉緑素などといった珍らしい航空糧食を御馳走になりながら、飛行学校時代の話や空中でグラマンの編隊と遭遇したときの話など、目をかがやかせて聞いたものです。はげしい爆音をあげて離着陸していく飛行機を、こんなに間近くで見るのも初めてでした。

「いま飛んでいったのは複座のキ‐51九九襲撃機、搭載《とうさい》発動機は低空用のハ‐26Ⅱ、それを高空用のハ‐26Ⅰに替えて航空写真機、酸素吸入装置をつけると軍偵察《ていさつ》機に早がわりする」

などと説明をしてくれる軍曹を、鉄ちゃんは畏敬《いけい》の眼差《まなざし》で凝視《みつ》めていました。鉄ちゃんが得意のあの〝うどん〟話をしなくなったのは、そのころからです。神国日本を敵の手に渡してたまるか。

「日本一のうどん屋になるのンは、戦争に勝ってからのこっちゃ」

　飛行場からの帰り、こんどはわたしが自転車のペダルを踏んで鉄ちゃんを乗せて走ります。その道々鉄ちゃんは、昂奮《こうふん》を抑えかねたような声で言うのです。

鉄ちゃんがそう言うのも、大田原軍曹の影響ばかりではありません。三月十三日の大空襲以来、大阪の市街は執拗《しつよう》なB29の反復無差別爆撃のため、すべてが焼きつくされ、どこの家がどこやらわからず、灰色の紙を敷いたようにぺちゃんこになった焼跡や街路には、黒こげの焼死体が足の踏み場もないくらいに転っているという状態でした。

「われら明星商健児は、祖国のため身を捧《ささ》げよう」

と鉄ちゃんは言います。むりもないのです。戦争はもう海のむこうではなく、すでに大阪の市街が戦場に化《な》っていたのです。鉄ちゃんを分隊長とするわたしら隊員が、大阪市の中等学校四校から選抜されて、各校十名、計四十名が敵機識別の訓練をうけて大阪港の対空監視塔に派遣されることになったのも、その頃です。

鉄ちゃんが喜んだのは、その敵機識別の訓練をうける場所が大田原軍曹がよく飛んでくる、あの大正飛行場だったことです。

わたしたちの分隊八人に、クラスの玉野、福山の二人が新しく加わって一週間の飛行場通いがはじまりました。訓練というのは、大阪上空へ飛来してくる敵の爆撃機や艦載機などの遠近さまざまな形状を描いた絵を見せられ、それを一枚一枚、

「B29戦略爆撃機……グラマンF6Fヘルキャット戦闘機……カーチスP40戦闘機

……P47サンダーボルト……」

などと言い当てていく、という方法でした。鉄ちゃんは幸運でした。その訓練の最後の日に、おりから飛んできた大田原軍曹に出逢うことができたのです。そしてその日が、うどんの〝先生〟である船場、松葉家の主人夫婦が大阪を去って四国の西条へ疎開《そかい》する日だったのです。鉄ちゃんの欣《よろこ》びが重なったのは、

「この松葉家の焼跡で鉄ちゃん、お前《ま》はんの打ったうどん食べて、お別れの会を盛大にやりまひょ。そやさかい、お友達はナンボでも呼んで来なはれ」

と、主人の辰一さんから言われていたのです。松葉家は空襲で焼け落ちましたが、地下室に大事に保存していた材料の小麦粉も鰹節《かつおぶし》も、味醂、焼酎、醬油から備長炭まで、すべて無事でした。

「材料は惜しまず、ぱあっと全部使うてしまいなはれ」

辰一さんは鉄ちゃんに、そう言ったといいます。辰一さんにしてみれば、これが唯《ただ》ひとりの愛弟子《まなでし》の鉄ちゃんへの、松葉家ののれん分けのつもりであったのでしょう。

その日、訓練が終るのを待ちかねて鉄ちゃんとわたしらは、新子《あたらし》うどん店の運搬用自転車の荷台に大田原軍曹を乗せ、みんなで交替してペダルを踏み、船場の松葉家への遠い道を、

「大田原戦闘隊出撃！」

と、鉄ちゃんの号令で、わっと走りだしました。道は遠くても、行く手にうどんが待っていると思えば、現金なことに、もりもり元気が湧《わ》いてきます。

汗まみれになって松葉家の焼跡まで辿《たど》りつくと、煉瓦《れんが》や石ころで築いた即製のかまどが二つ、その上に釜《かま》がかけられ、傍には戸板の食台、その上に丼鉢《どんぶりばち》が置かれていました。鉄ちゃんが辰一さん夫婦に挨拶《あいさつ》をしているあいだに、わたしたちは水を汲《く》み、薪《まき》を集め、早速、湯を沸かしにかかります。うどんはすでに昨晩、鉄ちゃんと辰一さんが打ちあげて、熟《ね》かせています。

やがて、焼跡に湯気がたちのぼり、いつも空腹で目をまわしたような顔つきをしている少年たちにはこの世のものとも思えぬダシの匂《にお》いがただよいはじめます。

「まだ、あかんぜぇ」

鉄ちゃんは道化《おどけ》たような顔つきでわたしたちを制して、ぐらぐら沸きたっている湯でうどんをゆがき、鉢にいれダシをいれ、その最初の一杯をまず、地べたに坐りこんでいる辰一さんに、そして奥さんの喜代子さんに、三杯目を大田原軍曹に渡します。

辰一さんは両手で抱くようにしたうどん鉢を、ちょっと拝むようなしぐさで、鉄ちゃんの差しだした割箸《わりばし》を片手にとり、前歯でぴしっと割って、ダシを一口すすり、うどんを音たてててすすりこみました。しばらくして辰一さんは、鉄ちゃんのほうにうなずき微笑しました。

「うわぁ、よかった」

いままで、息をつめるように辰一さんの表情を瞶《みつ》めていた鉄ちゃんが、思わず大きな声をだしたので、わたしたちは大わらいしました。

鉄ちゃんはそんな笑い声は気にせず、

「新子《あたらし》分隊は唯今より、うどん攻撃にうつる」

いいながら鉄ちゃんは、にやりとします。

「攻撃は各個前進！ そうれ行けぇ！」

箸と丼鉢をもって、いまか今かと待ちかまえていたわたしらは、手に手に見よう見真似でうどんをゆがき、ダシをそそぎ、音をたてててすすりこみます。油揚《あぶらげ》もネギもないまったくの素うどんでしたが、わたしは今でも、あれほど美味《うま》いうどんは此《こ》の世にないと思うております。昭和二十年五月二十六日、あの瓦礫の焼跡のなかで鍋釜を囲んで戸板の食卓で喰った四杯のうどん……いえ、あばれ喰いと言うても、そう食べられるもンではありません。鉄ちゃんが五杯、大田原軍曹三杯、なかには八杯という豪傑もいるにはいましたが。ま、それもこれも三十分もすると、全員、水をのみすぎた蛙《かえる》のようにその場にひっくり返って、肩で息をするという始末でした。

食いきれずに残った小山ほどのうどんは、辰一さん夫婦から隣組におくってもらうことにし、鉄ちゃんは集まってきた鍋にそれぞれ各家のうどんをよそい分けてやっていました。どこまでも、うどんが好きな、うどん屋の子ォの鉄ちゃんでした。

「ああ、美味かったよ、鉄ちゃん。戦争がおわったら帰ってきますさかい、それまで躰《からだ》に気ィつけてな。ほな、さいなら」

そういうと辰一さん夫婦は、船場から去って行きました。疎開先の奥さんの実家が製粉、絞油をしているので、しばらくそれを手伝って、ということでした。

……しかし、人生というのは老少不定、無常迅速といいますが、残酷なものです。あんな元気の塊りのような鉄ちゃんが斃《たお》れたのは、それからわずか七日目。

この六月一日の空襲は、B29四百機。目標大阪市南部の此花《このはな》区と港区、そのほとんどが灰燼《かいじん》に帰しました。シャワーのように降りそそいでくる爆弾と焼夷弾の炸裂《さくれつ》音と火炎のなかで、鉄ちゃんは、

「焼夷弾やぞぉ！　壕《ごう》へ入ったらあかん！　早う逃げよ、全員退避！」

監視塔の上で最後まで声をあげて叫び、半鐘を乱打していました。が、そんなあいだにも猛火は切迫し、監視塔の近くにも数発の焼夷弾が落下し、その一発が爆発したのです。鉄ちゃんは、わたしらにも退避を命じ、自分も急いで後から走ってきました。走りながらわたしが振り返ったのと、後を走ってきた鉄ちゃんが炸裂した油脂弾の火柱に薙《な》ぎ倒されるのとが同時でした。

「鉄ちゃんがいかれた！」

わたしは玉野と二人で鉄ちゃんを抱えて火の壁のなかを逃げまわりました。けれど、全身火だるまの大やけどでした。空襲警報が解除になるのを待ちかねて、高野堀（現・天保山運河）の川岸にある仮設繃帯所《ほうたいじょ》にかつぎこんだとき、あまりの重傷にもう打つ手はなかったのです。分隊員が見守るなかで鉄ちゃんは、わたしをみて、

「わいのボーシな……やるわ」

そう言うのです。あの猛火の中でも大事にアゴ紐《ひも》をかけてかぶっていた鉄ちゃん自慢の戦闘帽です。この帽子の正面に鉄ちゃんは、大田原軍曹からこの前うどんの礼に貰《もら》った空中勤務者の〝黄金の鷲《わし》〟の胸章をつけていたのです。航空隊の中でも、搭乗員以外はつけることのできないこの胸章を、

「どや、見てみい！」

と鉄ちゃんは、いつもわたしらに見せびらかしていました。

鉄ちゃんが息をひきとったのは、その夜です。わたしら分隊員の見守るなかで鉄ちゃんは、

「逃げよ！　全員退避！」

と末期《まつご》の幻のなかでまだ、監視塔分隊長の任務を遂行しているつもりか、大声をあげていました。新子鉄男《あたらしてつお》、享年《きようねん》十四歳。

鉄ちゃんから貰ったあの帽子は、三十九年たったいまも持っています。汗がにじみでた、ところどころ焼け焦《こ》げの痕《あと》のある汚れた帽子です。

帽子といえば、その後わたしはこの帽子が縁で大田原軍曹に出逢っています。いや、出逢うというより、見つけて貰ったといったほうがいいかもしれません。……八月の空襲で、わたしの家も焼かれ、家族とも散り散りになり、ひとりで和歌山加太《かだ》の親類を頼って歩いて行きました。手も足も真っ黒で、空腹でふらふらになって佐野飛行場の近く、紀州街道を夢遊病者みたいな足どりで歩いているわたしに声をかけてくれたのが、大田原軍曹でした。これも鉄ちゃんの引きあわせでしょう。わたしのかぶっていた戦闘帽の黄金の鷲の胸章が目にとまったのだと、軍曹はいっていました。鉄ちゃ

ん最期《さいご》をきくと軍曹は、一瞬、顔を硬《こわ》ばらせました。そして、わたしの汚れた戦闘帽をみつめたまま、

「そうか……鉄ちゃん、死んだか」

と、独りごとのように言いました。軍曹はわたしに暫《しばら》く待っているように言い、宿舎のほうに引っ返していきました。十五分ほどして後、わたしはまた容赦なく照りつける和歌山への、白い埃《ほこり》っぽい砂利道を歩いていました。肩からかけた雑嚢《ざつのう》いっぱいに乾パンや缶詰《かんづめ》を入れ、担《かつ》げるだけの米を持たせてもらって……。

戦争が終ったあとも、鉄ちゃんのことはよく思いだします。そんななかでいつか鉄ちゃんが〝わい、軍曹と義兄弟になったンや〟と年に似合わぬ古風なことを言っていたのを、なぜか判《は》っきりとおぼえています。ひとりっ子の鉄ちゃんには、軍曹はただ一人の尊敬する兄であったのかもしれません。

はい、大田原軍曹のその後を知ったのは、昨年のことなんです。大阪のミナミで飲んでいたとき、隣りのカウンターに坐っていたお客と、なぜか意気投合しましてね。なんでも、和歌山市で呉服物を扱っている会社の専務さんだとかで、話をしていて驚きました。敗戦の八月、その畑谷……ええ、畑谷昭吉専務は当時、佐野飛行場にいた

というのです。しかも、大田原軍曹の一期下の、少飛出身で、名古屋小牧から鹿児島県の万世飛行場に転じ、八月初め佐野飛行場に移ってきていた戦隊員だったといいます。軍曹のこともよく知っていました。敗戦の日、畑谷伍長《ごちょう》は格納庫のなかで玉音放送を聞いたといいます。テーブルの上のラジオからは、かん高い、妙な抑揚のある神主の祝詞《のりと》に似た声が、とぎれとぎれに流れだしましたが、音量をいっぱいにあげているせいか、雑音にまぎれて、いったい何を言おうとしているのか、言っているのか、畑谷伍長にはよくわからなかったといいます。わからないままに玉音放送は終ってしまいましたが、その後に首相の鈴木貫太郎の声が出てきて「日本は無条件降伏」したのだと言います。そのことばで格納庫のなかは唸《うな》りごえとも、溜息《ためいき》ともつかない異様な声でふくれあがりました。日本は敗《ま》けたのだ。神である筈《はず》の天皇が降伏したのである。もう戦争は止《や》めだ、と天皇がいうのです。そのとき、ラジオを囲んだ飛行兵たちの背後から、つかつかと進んできた大田原軍曹が、ぎらっと軍刀を抜き払って、

「天皇の軍隊に降伏があるか！」

そう叫ぶなり、拝み打ちにラジオを叩《たた》き断《き》ったといいます。

「天皇の軍隊に降伏はない！」

もう一度叫ぶと、大田原軍曹は、白刃《はくじん》をひっさげたまま格納庫から出て行きました。

その大田原を、制止しようとする上官は誰もいませんでした。

軍曹にしてみれば、最後の一兵になるまで戦うといっていた軍は、いったい何処《どこ》へ消えてしまったのか。戦争をはじめよといい、多くの無辜《むこ》の民を殺し、いままた戦争を止めるという。それでは戦いを〝正義〟と信じて死んでいった者への裏切りではないか。大田原はそう叫びたかったのだと、畑谷専務はいいます。

「軍曹が〝抗命出撃〟をするのは、その翌日の八月十六日です」

大田原軍曹がただ一機、数個の手榴弾《しゆりゆうだん》を抱いて飛行していったのは、ひょっとすると鉄ちゃんとの生死を誓いあったあの〝約束〟のため、だったのかもしれないと最近わたしはそう思うようになったのですが……。

〈昭和二十年八月十六日。戦いの終ったあくる日、佐野飛行場を飛び立った三式戦〝飛燕《ひえん》〟があった。各務原《かかみがはら》（岐阜県）の航空廠《こうくうしよう》へ新しい機体を受け取りにいっていた若い戦闘機乗りだった。終戦の玉音放送を聞いてある決意を固めたのだろう。猛然と離陸していった。その機影をいま思い出す人は多分いないのではないか。小さな機体は、佐野飛行場の上空で自爆して果てた〉（中日新聞）

第十三話　二十・五・十一　九州・雨　沖縄・晴のち曇

『陸軍航空作戦』防衛庁防衛研修所戦史室――

〈第七次航空総攻撃の前夜の五月十日の夜は月齢二九の真の闇夜《やみよ》であった。この夜（総攻撃に先がけて）日没から翌十一日払暁《ふつぎよう》にかけて陸軍の重爆、海軍の陸攻、陸爆、そして関東空の夜戦隊により、更に桜花隊、陸軍戦闘機の挺進《ていしん》攻撃と、数段の備えで沖縄北、中飛行場を攻撃した。しかし期待した〝桜花〟の滑走路突っ込みは視界不良のため失敗、陸軍戦闘機四式戦十五機の挺進攻撃も共に十分な効果を発揮できなかった。

翌十一日、不連続線が台湾海峡にあって九州は所により雨、沖縄は晴のち曇、先島《さきしま》列島は晴、所により雨であった。

この日の航空総攻撃はB29の攻撃（連日のように来襲していた）を避けて早朝に実施された。陸軍特攻（知覧《ちらん》・都城《みやこのじよう》東《ひがし》）は整斉《せいせい》と出発したが、依然、機関不備のため引き返す飛行機が多かった。結局、八十機準備して実施は三十五機となった。（直掩《ちよくえん》の）

三式戦二十四機が沖縄北端まで同行掩護し、零戦《ゼロせん》六十五機の沖縄泊地制空下に突入の計画であった。しかし、この日の攻撃隊は不運にも、途中、敵戦闘機に遭遇して半数近くが捕捉《ほそく》撃墜されたものと判断された。

この日小雨をついて出撃した振武隊は左の各隊であった。

第四十一振武隊（九七戦）山田泰治軍曹《ぐんそう》 一機 知覧・〇六三〇

第四十四振武隊（一式戦・隼《はやぶさ》）岡本金吾少尉《しょうい》 一機 知覧・〇六三〇

第四十九振武隊（一式戦・隼）高橋定雄伍長《ごちょう》 小坂清一伍長 二機 知覧・〇六三三

第五十一振武隊（一式戦・隼）荒木春雄少尉 野上康光少尉 光山文博少尉 安藤康治伍長 鈴木惣一伍長 豊田良一伍長 六機 知覧・〇六三〇

第五十二振武隊（一式戦・隼）下平正人軍曹 田中勝伍長 渡辺幸美伍長 三機 知覧・〇五五〇

第五十五振武隊（三式戦・飛燕《ひえん》）黒木国雄少尉 森清司少尉 鷲尾克己少尉 三機 知覧・〇六〇五

第五十六振武隊（三式戦・飛燕）京谷英治少尉 朝倉豊少尉 上原良司少尉 三機 知覧・〇六〇五

第六十振武隊（四式戦・疾風《はやて》）倉元利雄少尉　荒正彦伍長　堀元官一伍長　三機
都城東・〇六二〇
第六十一振武隊（四式戦・疾風）橋本初由少尉　沖山富士雄伍長　山本隆幸伍長
三機　都城東・〇五五〇
第六十五振武隊（九七戦）桂正少尉　田中藤次郎少尉　石塚糠四郎少尉　三機
知覧・〇六四一
第七十振武隊（一式戦・隼）佐久間潤少尉　水川豊伍長　渡辺輝義伍長　三機
知覧・〇六三五
第七十六振武隊（九七戦）久富基作少尉　戸次政雄軍曹　小島英雄伍長　三機
知覧・〇六四〇
第七十八振武隊（九七戦）湯沢三寿少尉　一機　知覧・〇六四〇
以上、九七戦八機、一式戦十五機、三式戦六機、四式戦六機　計三十五機

渡辺利徳（少尉、直掩戦闘機隊員）**の語る――**

「私の戦隊は、米軍の沖縄攻撃に備え特攻五機と共に知覧基地の第一攻撃集団に属しておりました。そうです、特攻機援護が任務でした。桂少尉と荒木少尉の二人の特攻

隊長に会ったのは、出撃前日の十日、戦闘指揮所近くの林のなかでした。荒木少尉は部下思いの若者で、一緒に出撃する隊員への深い愛情がその言葉のなかにもみえました。飛行服の左の物入《ポケット》に大切に納めていた恋人の写真を見せて貰《もら》ったのもそのときでした。小柄《こがら》な桂少尉は荒木少尉と陸士五十七期の同期のせいか、非常に仲がよく、こんなノモンハン時代の寄せ集めの老朽機に部下をのせて死なせるのが残念だと、口惜《くや》しげに洩《も》らしていました。

荒木隊、桂隊の出撃は十一日の午前六時半ごろでした。わたしもこの日、戦隊と共に特攻機の直掩隊員として出撃する命令をうけていました。出撃の時は雲が低く小雨模様でしたが、奄美大島付近から晴れてきました。

離陸はまず私たちの直掩機からはじまり、つづいて特攻機が一機、また一機と離陸して、開聞岳《かいもんだけ》に名残りを惜しみながら、尾翼を通して小さくなっていく若葉の山々を、二度も、三度も振り返りながら海上を飛んでいきました。屋久島上空をすぎると雲が高くなったので、直掩機、特攻機とも機首を上げました。ここまでくるともう戦場です。直掩機は索敵開始。

グラマンF6Fが雲の中から現われたのは、その時です。編隊長が翼を振り、戦闘隊形に散開。グラマン群はすくなく約三十機。私はレバーを全開して、翼が折れんばかりに全速をかけ目の前の敵機に突っ込み、胴砲、翼砲を撃ちこむ。器用に反転する敵の追撃にかかろうとした瞬間、後上方から別のグラマンが我が機を撃ちまくっているのに気づいて、咄嗟《とっさ》に失速反転で錐揉《きりも》みに移りました。海面が大きく回りぐんぐん膨れあがってきます。で、桿《かん》を引き起して錐揉み状態から脱《ぬ》けて急上昇。照準器一杯に拡《ひろ》がってくるグラマンの星のマークにむかって反射的に桿のボタンを押します。十三ミリが火を噴きます。ところが二十ミリのほうはダン！と一発撃っただけで故障です。

上空四千メートル。特攻機の影は遠くにあります。私は周囲を警戒しながら味方機と編隊を追いました。海面を見下すと、いま先刻《さっき》の空戦によって撃墜された十数条の黒煙があがっています。彼我《ひが》いずれの機かは不明ですが、特攻機にも若干の被害があったようです。

誘導地点上空までくると、特攻機は翼をふり手を振り、わたしたち直掩隊に引き返すように合図をおくってきました。直掩機が旋回をはじめると各特攻機はわれわれに、手を振りマフラーをふり、一路、沖縄に向かっていきました。私たちは、ふたたび還《かえ》ることのない隊員たちの一機一機に万感の思いをこめて挙手の礼をささげました……」

桂正（少尉、第六十五振武隊）**の遺詠《いえい》――**

〈来る年もまた来る年もとこしへに咲けと祈りて我は咲くらむ〉

鷲尾克己（少尉、第五十五振武隊）**の日記――**

〈如何《いか》にして死を飾らむか
如何にして最も気高く最も美しく死せむか
我が一日々々は死出の旅路の一里塚《いちりづか》
今日一日の怠りはそれだけ我が名を低める
靖国《やすくに》の神となりにし我が戦友の
十の指にははや余りにけり
我はただ何をかすべき海の戦友の
烈《はげ》しき死をば死せりとはいふ
はかなくも死せりと人の言はば言へ
我が真心の一筋の道
今更に我が受けてきし数々の

人の情を思ひ思ふかな〉
〈外泊二日は慌《あはただ》しく過ぎ去りぬ。期待せし程の事も無く、又期待せる以上なり。予期せる焦燥も感ぜず淡々と家に帰る。帰つては忽《たちま》ちにして家の人となり、かりそめに帰りし如《ごと》くならず。淡々と二日を家に過し再び征旅の人となる。この間母弟妹親戚《しんせき》に逢《あ》ふ。何事の変りたる事なし。然《しか》れども何事も無き中にも又得がたきあり。再び征旅の人となる。唯《ただ》今日以後は又其日《そのひ》其日をはげむのみ〉

上原良司（少尉、第五十六振武隊）**の遺稿**――

〈栄光ある祖国日本の代表的攻撃隊とも謂《い》ふべき陸軍特攻隊に選ばれ身の光栄之《これ》に過ぐるものなきと痛感致して居ります。

思へば長き学生時代（慶応義塾大学経済学部）を通じて得た信念とも申すべき理論万能の道理から考へた場合これは或《あるい》は自由主義者と謂はれるかも知れませんが自由の勝利は明白な事だと思ひます。人間の本性たる自由を滅す事は絶対に出来なく例へそれが抑へられて居る如く見えても底に於《お》いてハ常に闘ひつゝ最後にハ必ず勝つと言ふ事ハ彼のイタリヤのクローチェも言つて居る如く真理であると思ひます。権力主義全体主義の国家ハ一時的に隆盛であらうとも必ずや最後にハ敗れる事ハ明白な事実です。我らハその真理を今次世界大戦の枢軸《すうじく》国家に於て見る事が出来ると思ひます。ファシズムのイタリヤは如何、ナチズムのドイツ亦《また》既に敗れ、今や権力主義国家は土台石の壊れた建築物の如く次から次へと滅亡しつゝあります。真理の普遍さは今現実に依《よ》つて証明されつゝ過去に於て歴史が示した如く未来永久に自由の偉大さを証明して行くと思はれます。自己の信念の正しかつたことゝこの事は或は祖国にとつて恐るべき事であるかも知れませんが吾人《ごじん》にとつては嬉《うれ》しい限りです。現在の如何なる闘争もその根底を為《な》すものは必ず思想なりと思ふ次第です。既に思想に依つて、その闘争の結果を明白に見る事が出来ると信じます。

愛する祖国日本をして嘗《かつ》ての大英帝国の如き大帝国たらしめんとする私の野望は遂《つひ》に空《むな》しくなりました。真に日本を愛する者をして立たしめたなら日本は現在の如き状態には或は追ひ込まれなかつたと思ひます。世界何処《どこ》に於ても肩で風を切つて歩く日本人、これが私の夢見た理想でした。

空の特攻隊のパイロットは一器械に過ぎぬと一友人が言つた事は確かです。操縦桿《さうじゆうかん》を操《と》る器械、人格もなく感情もなく勿論《もちろん》理性もなく、只《ただ》敵の航空母艦に向つて吸ひつく磁石の中の鉄の一分子に過ぎぬのです。理性を以《もつ》て考へたなら実に考へられぬ事で強《し》ひて考ふれば彼等が言ふ如く自殺者とでも言ひませうか、精神の国日本に於てのみ見られる事だと思ひます。一器械である吾人ハ何も言ふ権利もありませんが唯願はくば愛する日本を偉大ならしめられん事を国民の方々にお願ひするのみです。

こんな精神状態で征《い》つたなら勿論死んでも何にもならないかも知れません。故《ゆゑ》に最初に述べた如く特別攻撃隊に選ばれた事を光栄に思つて居る次第です。

飛行機に乗れば器械に過ぎぬのですけど、一旦《いったん》下りればやはり人間ですから、そこには感情もあり熱情も動きます。愛する恋人に死なれた時自分も一緒に精神的には死んで居りました。天国に待ちある人、天国に於て彼女と会へると思ふと死は天国へ行く途中でしかありませんから何でもありません。明日は出撃です。過激に亙《わた》り勿論発表すべき事でハありませんでしたが、偽はらぬ心境は以上述べた如しです。何も系統だてず思つた儘《まま》を雑然と並べた事を許して下さい。明日ハ自由主義者が一人この世から去つて行きます。彼の後姿は淋《さび》しいですが、心中満足で一杯です。

言ひたい事を言ひたいだけ言ひました無礼を御許し下さい。でハこの辺で。

出撃の前夜記す。

人の世は別れるものと知りながら別れはなどてかくも悲しき

鳥浜礼子〈知覧高女三年、十五歳、特別攻撃隊担当〉**の手記**――

〈五十二振武の下平軍曹は、田中伍長と一緒に知覧へいらつしやつた方で、毎日、家（軍指定食堂・富屋）へいらつしやいました。「陸軍空の特攻隊」といふ歌がお好きで、田中伍長と二人で一日中うたつていらつしやつた。渡辺伍長は小柄な人でハーモニカがとつても上手でした。思ひ出しますのは最後の一曲「別れ出船」。お別れのとき母と一緒に見送りに行きました。出撃五月十一日〉

前田笙子（知覧高女三年、十五歳、特別攻撃隊担当）**の手記**――

〈光山少尉は昭和十八年、特操第一期の見習士官として知覧教育隊で操縦教育をうけたときから富屋食堂によく来ました。光山さんは朝鮮の方だつたので、身寄りがすくないのではないかと思つて富屋のおばさん（鳥浜とめ）は自分の息子のやうに可愛《かはい》がつてゐました。学徒出身の特操から任官した光山少尉は、五十一振武隊員として知覧にもどつてこられました。とめおばさんは喜んで、以前にも増して温かく迎へました。

五月十日、出撃前夜のことでした。歌をうたつてゐる他の隊員さんと離れてただ一人、食堂の柱にもたれてぼんやり天井を見てゐた光山少尉に、おばさんは、「光山さんも、ないか歌はんね」と声をかけますと、はにかみやの光山少尉は、軍帽のひさしを鼻の下までおろして顔をかくし、低い声でうたひだしました。

〽アリラン　アリラン　アラリヨ
　アリランたうげを　こえてゆく
　わたしをすててゆくきみは　いちりもゆけず　あしいたむ

哀調をおびたアリランの歌をきいてゐるうちにとめおばさんは、以前「おばさん、わしは朝鮮人ぢや、卓庚鉉《タクキヨンヒヨン》いひます」と光山さんが言つたことを思ひだして、たまらなくなつて泣きだしてしまひました。歌ひをはると光山少尉は、飛行服のポケットから朝鮮の布地でつくつた黄色い縞《しま》の入つた財布をとりだして、筆で、

　贈為鳥浜とめ殿　光山少尉

と書きました。そして「おばさん、たいへんお世話になりました。お世話になつたしるしとしてこれしかありません。はづかしいですが、形見と思つて受けとつてください」と言つて、とめおばさんに贈りました。

光山少尉は、翌日の十一日に出撃したまま還つてきませんでした……〉

沖山富士雄（伍長、第六十一振武隊）**の遺書**――

〈父上様、二十年の間色々と有りが度う御ざいました。子として何も出来ず申訳ありません。之れのみ心のこりで御ざいます。然し今度の任務こそは必ずや親孝行の一端

と存じます。決して驚かないで下さい。特攻隊員として出撃するも名誉実に大であります。日本国民として二十年実に生き甲斐《がい》がありました。体当りして遺骨これなくとも遺髪を残してをります故、部隊の方から送付して下さる事と思ひます。親兄弟よりお先に逝《ゆ》きます事を御許し下さい。では家の事はくれぐれもおたのみ致します。お祖母《ばあ》さまに会へないのが残念。

では最後に村の皆さまにくれぐれも頼みます。私の墓場は家の者全部の所にして下さい。御健勝と御奮励を祈ります。此《こ》の便りが着くころは世にはゐないものと想《おも》つて下さい〉

岡本勇（少尉、第六十一振武隊長）**の手紙**——

〈謹啓　決戦の様相は愈々《いよいよ》苛烈《かれつ》と相成り候《さうらふ》。今度御令息富士雄殿には身命を国難に代へんと決然と自ら進んで任務を求め私の下に馳《は》せ参ぜられ候。今や決戦は本土そのものに迫り幾多先輩の示されたる如く全機特攻として始めて皇国の急を救ひ得べく、我隊の任極めて重大なるを痛感致し候。御両親様の御心境を御察し申上候へば、転《うたた》感無量なるもの有之《これあり》候へど、御令息様の悠久《いうきう》の大義に生きんの御心境を御察し下され度候。

七度も生きかへりなむ若桜たとへ南に散り果てるとも

何卒《なにとぞ》御長寿を御保ち下され度く乱筆乍《なが》ら御無礼御詫《おわ》び申上ぐ。

敬白

沖山鶴雄様　皆様へ〉

堀元官一（伍長、第六十振武隊）**の遺書——**

〈皆様元気で暮して居られる事と思ひます。小生も至極壮健にて、目前に迫りし出発命令を待つて居ります。現在四時五十分、後、丁度一時間、まだ飛行場は薄暗い。整備員は故障の無きやう発動機機体各所を入念に点検して居る。愈々来るべき日は遂に僅《わつ》か一時間に迫つた。唯必沈の誓あるのみ。

緊張した顔がにこにこ笑つて居る。どうして之が死を目前に迎へての態度とは思はれず、小生も勉《つと》めて斯《か》く努む。

本日八時より九時の間に於て昇天す。一足先に若干の遺品御送り致しました故、受取り下さい。

重々の不孝如何《いかん》ともなし難く、最後に花を咲かせむ決意なり。後三時間の命。一家の健闘を祈つてやまず。呉《くれ》の兄には何の便りも出さず、多分壮健にて働いて居ると思ふ。然し、元々弱き方の兄若干心底に残るもの有り。富夫、朝子は一生懸命勉強して居りますか。今の中《うち》に充分勉む様暮々も言ひ聞かされたし。此の晴れの出陣姿を両親に一目見せたき気持もすれど私欲に過ぎず、遠地よりわざわざ苦労して来てもらふも今となりては不孝の一片となる。

今更思ひ残る事はなし。必ず立派に他の人々に恥しくない行動をし又暮し行く事を小生は堅く信じて止《や》まず。

もう時間です。ぽつぽつ（特攻機）始動開始しました。さやうなら。

御両親様

選ばれて沖縄島の天《あま》かける若鷲《わかわし》なれば莞爾《くわんじ》と散らむ　〉

倉元利雄（少尉、第六十振武隊）**の遺書**――

〈皇国の御臣の一人と生まれ来《きた》り報国の微忠を致す。男子の本懐此の誉に過ぎたるは無し。

欣々《きんきん》たり粛々たり　只念ず　任務完遂即轟沈《ぐわうちん》〉

〈喜美子

出発の時は許して呉《く》れ、御許《おもと》を愛すればこそ一時をも悲しみをさせたくない心にて一杯だつた、決して嘘《うそ》を言ふつもりではなかつた。（特攻隊に参加したことを隠してゐたが）どうか元気をだして全《あら》ゆる苦しみ、悲しみと闘つて行つて御呉れ、強い心で

生きて行つて呉れる事を切に〳〵望む。では只今より出発する。御許の幸福と健康を祈る。五時十二分〉

〈喜美子
有難う
有難う
俺は幸福だつた
喜んで征く　五時十五分〉

〈愛児よ
若《も》し御許が男子であつたなら　御父様に負けない　立派な日本人になれ　若し御許が女子であつたなら　気だてのやさしい女性になつて呉れ　そして御母様を大切に充分孝養をつくしてお呉れ　父より
（やがて生まれてくる）愛児へ〉

〈命名　倉元宏《ヒロシ》
昭和二十年五月十日出撃前夜
父　利雄　誌〉

〈命名　倉元僚子《リヤウコ》

昭和二十年五月十日出撃前夜

〈父　利雄　誌〉

「特攻作戦の全貌《ぜんぼう》」（オーストラリアの従軍記者　デニス・ウォーナー）

〈五月十一日に始まった日本軍の特攻第七次総攻撃、（陸・海）約二三五機は、旋風のように四方からやってきて駆逐艦「エバンズ」を襲った。敵機十五機以上を撃墜したとエバンズが考えたとき、対空砲火をうけた彗星《すいせい》（海軍）が吃水線《きっすいせん》付近に体当りして左舷《さげん》に大穴をあけ、これより一瞬遅れて三式戦飛燕《ひえん》一機が緩降下で左舷真横から突進してきたがエバンズの主砲を浴せられ海中に墜落した。二分後、三番目の特攻機が猛烈な速度で突進してきて後甲板に突入、乗っていたパイロットの死体とまだ爆発していない爆弾を後部ボイラー室と機械室に残した。爆弾は後部機械室のすぐ外側で爆発した。この爆発により後部機械室はたちまち浸水し、隔壁の大部分が吹き飛ばされた……

太陽光線を背にして、一式戦　隼《はやぶさ》の一団が突進してきた。一番機が烹炊所《ほうすいじょ》の上部構造物甲板を突きぬけて体当りする直前、爆弾を投下した。爆弾は上甲板をつき抜けて前部ボイラー室で爆発し、二つのボイラーをバラバラに分解した。隼の二番機がつづいて右舷後部の短艇ダビットの上に突進してきて、一番機が体当りした上甲板の近くに激突した。体当りした隼のパイロットの一人は破壊された烹炊所のなかで、もう一人は上甲板で発見された。電灯も、動力も、蒸気も、水圧もすべて止まり、エバンズは海上に停止したまま動かなくなった。つづいて発生した誘爆の一つにより、副長が海中に吹き飛ばされた。

エバンズが最後の攻撃を受けたのは午前九時二十五分であった。このときエバンズの真上約四〇〇〇メートルのところにみえた敵味方不明機が、米軍戦闘機の猛追を受けながら、まさに急降下に入ろうとしていた。米軍航空直衛機およびエバンズの四〇ミリ機銃の射撃を浴びて、バラバラに吹っ飛んだこの特攻機はエバンズの近くに墜落した〉

〈駆逐艦「ヒュー・W・ハドリ」の特攻機との戦闘は、いくつもの日本機のグループが両舷から攻撃してきた午前七時四十分から始まった。めざましい戦闘のなかで十二機が撃墜された。ハドリは同艦装備の全砲火を使用して敵機を独力で撃退した。午前九時二十分、特攻十機がハドリを攻撃してきた。ふたたび十機残らず撃墜した。ハドリが特攻機を撃退していたとき、爆音をとどろかせた一式陸攻一機が、きわめて低高度で接近して〝桜花〟を発進させた。この桜花は高度二〇〇メートルでハドリの艦尾から突入してきた。ハドリの乗組員の一人が、桜花は魚雷の約一倍半の大きさで、短い、ずんぐりした翼を持っていたようにみえたと語った。エンジンは持っていなかった。桜花は後部機械室と前部ボイラー室の中間付近の右舷に命中して爆発した。艦全体が猛火につつまれ、舷側のいたるところで弾薬が爆発した。「総員退艦用意」の号令がかけられ、士官下士官兵五〇名を除いた残りの乗組員が傾斜しはじめたハドリから救命筏《いかだ》や救命浮標《ぶい》に乗り移った。

午前十時四分、ミッチャー提督の将旗を翻《ひるがえ》した空母「バンカー・ヒル」は、突然、水面近くを高速で接近した特攻一番機の零戦《ゼロせん》の攻撃をうけた。特攻機は五〇〇ポンド爆弾を投下したあと飛行甲板に並べられていた三四機の米軍機のなかに突入。それから数秒後ほとんど垂直に近い大角度急降下で艦尾から接近してきた彗星一機が後部甲板に激突して爆発した。命令受領室で待機していた戦闘機隊パイロットの大半は煙にまかれ、ミッチャー幕僚一三名も艦橋上部構造物の基部に落下した爆弾により戦死した。

浸水と炎上で操艦不能に陥ったバンカー・ヒルに接近してきた各艦の消防ポンプが放水を集中して沈没を免《まぬか》れたが、戦死三五三名、行方不明四三名、さらに二六四名が重傷を負った。

ビューゼット・サウンド海軍工廠《こうしょう》に回航されたバンカー・ヒルは、同工廠に入渠《にゅうきょ》修理された艦艇の中で最大の損傷を受けており、終戦までついに戦線に復帰することができなかった〉（妹尾作太男訳）

渡辺利徳（少尉、直掩《ちょくえん》戦闘機隊員）**の語る――**

「第五十一振武隊長の荒木少尉が出撃の前日、松林のなかで見せてくれた〝恋人の写真〟は、新婚一カ月の奥さんでした。その奥さんに私は戦後、知覧飛行場跡の特攻観音堂で慰霊祭が行われたとき、富屋旅館でお会いすることができました。そのとき彼女は、少尉が出撃されたあと、出産して間もなく亡《な》くなったお子さんの位牌《いはい》を、いま、少尉が最後の寝をとられた三角兵舎跡に持参して、そこに埋めてきました、と語ってくれました……」

荒木春雄（少尉、第五十一振武隊）**の遺書――**

〈志げ子　元気なりや。

あれから一月経《た》つた。楽しき夢は過ぎ去つて明日は敵艦に殴り込みヤンキー道連れに三途川《さんづのかは》を渡る。

ふりかへれば、俺は随分お前に邪険だつた。邪険にしながら、後で後悔するのが癖だ。許して御呉れ。お前の行先、長き一生を考へると断腸の想ひがする。どうか、行先、心堅固に多幸にしてくれ。

悠久の大義に生きて此の国を永く護《まも》らん醜《しこ》の敵より　　春雄

しげ子殿〉

第十四話　背中の静《しい》ちゃん

大石清の手紙――

〈母ちゃん、お体の具合は如何《いかが》ですか。小さな頃からやさしく育てゝ下さつた母ちゃんの看病を出来ないのが、いまの僕には唯一《ゆいいつ》の心残りです。さびしいですが、何事も御国の為《ため》と清は頑張《ぐわんば》つてゐます。

いよ〳〵明日は待望の単独飛行です。中学三年から飛行学校へ、そして卒業して教育飛行隊に配属され、感激の桿《かん》（操縦桿）を握つて助教殿と同乗飛行、水平飛行、蛇行《だこう》飛行、8字飛行、螺旋《らせん》降下、上昇反転、垂直旋回、宙返り、高低速飛行、場周飛行と、ながいながい演練を終へた末の初単独飛行です。愛機はユングマン四式練習機（キ‐86）です。清の見事な初飛行を見て貰《もら》へないのが残念です。一日も早くよくなつて、父ちゃん、静ちゃんと一緒に見にきて下さい。

そんな訳で、今夜はぐつすり眠つておかねばなりません。もうすぐ二一・三〇。母ちゃんや静ちゃんと約束した〝おやすみ〟を言ふ消燈《せうとう》の時間です。では、おやすみ、母ちゃん。

父ちゃん静ちゃんにもよろしく伝へて下さい。又、お便りします〉

大石清の日記―――

〈昭和十九年五月十三日、土、晴、雲量4雲高1000視程20K風向東南5米《メートル》

搭乗《たふじよう》（単独）1　8分間。課目　場周飛行。

所感　初の単独にて充分自信つき得る。唯《ただ》、返しと接地操作、飛行場への進入要領を研究せねばならぬ。

助教殿注意　測風に注意せよ風により左に流されぬやう気をつけよ。離陸時レバー入れかた遅し。右足踏みすぎ。

教官殿注意　地上滑走荒し。三旋回より四旋回の高度速度観念薄し〉

〈昭和十九年七月十八日、火、晴、雲量7雲高300視程20K風向西4米

搭乗（単独）2　25分間。課目　編隊群飛行。

所感　愈々《いよいよ》本日を以《もつ》て本校に於《お》ける飛行演習も終りを告ぐ。充分ならざる自分の技《ぎ》倆《りやう》を磨《みが》き、たゆまぬ努力を続ける決心。進歩はこれから也《なり》。

助教殿注意　機体を傾けるな。急降下にて（隊）長機より出ぬこと。機幅機長が遠

すぎる。

教官殿注意　命を大切にせよ。訓練中死ぬ勿《なか》れ。慢心するな〉

〈昭和十九年九月五日

十一時二十分ごろ、福井助教操縦、松村候補生同乗の機が、第三旋回地点より操縦索不良のため高度約千米から「水平錐《きり》モミ」にて墜落。機体は大破ばらばらになり、発動機が地中深く一米もめり込み搭乗者は即死。

最近は飛行機事故多し。七月中に十六機、八月中に十五機、平均二日に一機の割合で破損。事故の原因は九割までが点火栓《てんかせん》の汚損によるものである。何分「キ-86」の点火栓は下方にあるので滑油が洩《も》つて汚損する率が多いのと、着陸の時ガスレバー全閉したら機体の軽い割に沈みが多いのが欠点。すでに特操出身の教官三名が殉職、尊き犠牲なり〉

〈昭和二十年二月八日

大詔奉戴日《たいしょうほうたいび》なり。福田少尉殿卜号（特攻）要員として勇躍出発す。我もまた続かん。我が身あるは国あるが故《ゆゑ》なり。征《い》かん、征かん。覚悟を新にす〉

〈昭和二十年二月十六日

敵、硫黄島に熾烈《しれつ》なる艦砲射撃を加え、機動部隊延一〇〇〇機関東各地に来襲〉

大本営発表——
〈昭和二十年三月十四日十二時　昨三月十三日二十三時三十分頃ヨリ約三時間ニ亘《わた》リB29九十機大阪地区ニ来襲、雲上ヨリ盲爆セリ
右盲爆ニ依《よ》リ市街地各地ニ被害ヲ生ゼルモ、火災ノ大部ハ本十四日九時三十分頃マデニ鎮火セリ　我制空部隊ノ邀撃《えうげき》ニ依リ来襲敵機ノ相当数ヲ撃墜スルモ、其《そ》ノ細部ハ目下調査中ナリ〉

〈この夜の大阪の空襲は焼夷弾《しょういだん》ばかりだった。十三日の午后《ごご》十一時半ごろから、十四日午前二時半頃まで三時間にわたり、六角型6ポンド油脂焼夷弾約六万五千発が落とされた。深夜の大阪はまさに炎の都と化し、大阪市民の二一・四%が被災した〉(読売新聞大阪社会部編「終戦前夜・空襲」)

大阪大空襲を知った清が、請願休暇を貰って九州から一昼夜がかりで大阪駅にたどりついたのは、空襲から三日目の十六日の夜明け前であった。
大阪駅のプラットフォームから見た大阪の街は、まるで焼け焦《こ》げたトタン板を投げ

だしたように扁平《へんぺい》であった。見渡すかぎりの焼け野原であった。その廃墟《はいきょ》のなかに骨だけになった電車が転がり、その彼方《かなた》に巨大なコンクリートの塊に化《な》った百貨店と大阪城がうずくまっていた。

どこを見ても瓦礫《がれき》の山であった。その瓦礫の中に男女の区別もつかない黒こげの死体が、何百ともしれず散乱していた。清は、電線の焼け落ちたのや塀《へい》の倒れた上を踏み越え、松坂屋の残骸《ざんがい》を目じるしに歩きだした。

（生きていてくれよ、父ちゃん母ちゃん、静ちゃん……）

だが、松坂屋の裏手にあった清の家の附近は、あとかたもなく、どこの家がどこやら分らぬほどに焼けくずれ、飛散した瓦《かわら》や壁土に半ば埋もれた町会の防空壕《ぼうくうごう》だけが、暗い空洞《くうどう》をみせていた。近所や隣組の人たちは、どこへ逃げていったのか誰の姿も見えなかった。探し疲れた清は、その夜、壕のなかで眠った。

大石清の日記――

〈昭和二十年三月二十五日

新宮（和歌山県）の木下伯父より来信あり。母ならびに妹静恵は無事。大空襲の前夜、父のすすめで天王寺から電車に乗せられ、東和歌山駅から鉄道で新宮に疎開《そかい》しありしとの事。危機一髪。されど父は、その翌夜の空襲にて奉職先の国民学校宿直室にて斃《たふ》れしとの事。あ、訓導としての使命を果せし立派なる父の死。ありし日の父の温顔を思ひうかべなば、万感、胸にこみあげ涙とめ難し〉

〈昭和二十年三月二十八日

沖縄島に敵、遂《つひ》に上陸す。正に祖国存亡の秋《とき》なり。振武特攻隊出撃。午後、特攻の編成発表あり。われト号要員を拝命。征かん。必ず一艦を轟沈《ぐわうちん》して父の仇《あだ》を討たん〉

〈昭和二十年三月二十九日、快晴

沖縄島海域の戦果発表あり。轟沈　戦艦一、巡洋艦三、駆逐艦六。撃破　戦艦若《も》しくは巡洋艦九〉

〈昭和二十年四月一日、快晴

新宮の伯父より電報あり。母、重態。父の死の衝撃と旅の疲れが原因ならん。鎌本軍曹《ぐんさう》殿の厚情により、区隊長殿から休暇を受く。本日十五時、新宮に向ふ。出発時、軍曹殿から見舞金を頂戴《ちやうだい》する。この温情、死すとも忘るべからず。父を失ひたる病床の母、幼なき妹、暗澹《あんたん》たる思ひ。車中にて涙流るゝ〉

第六航空軍本部への鎌本軍曹の書状——

〈一、ト号隊員ノ遺族ニ関スル相談。
〔相談〕隊員大石清伍長《ごちやう》ノ父ハ国民学校訓導ナルモ先日殉職シ（四十四歳）、家ニハ重病ノ母（四十四歳）、妹（十一歳）一人ナリ。家産ナク父ノ収入ニテ生活シアリタリ。家族ノ生活ヲ保証スル方法ナキヤ〉

大石清の日記——

〈昭和二十年四月八日、曇後晴
十九時、帰隊。母の死を区隊長殿、鎌本軍曹殿に申告す。われ新宮到着の前日、母すでに逝《ゆ》かれてありたり。母の遺骨、父の遺品とともに丹鶴城《たんかくじやう》の桜の見ゆる木下家の墓地の一隅《いちぐう》に葬《はうむ》る。「（妹の）米子は、小《こま》い頃からお城の花が好きぢやつた」と伯父上の御言葉。ただ有難し。伯父上への手みやげ、航空ウイスキイ、煙草《たばこ》。美代子伯母上にはドロップ、落下傘《らくかさん》のマフラー。妹にチョコレート、乾パン。
妹のことを伯父上にたのみ、新宮駅にて訣別《けつべつ》。妹泣く。伯父上夫婦も泣く。せめてあと数日、妹の傍に居りてやりたし〉
〈四月二十二日、晴

午後、特攻攻撃に関する学科あり。九七戦を爆装及燃料タンクを装着すれば150Ｋに速度が落ちるといふ……。
わが命、ながくともあと一ケ月ならむか。妹へ写真、伯父上夫婦に鎌本軍曹はじめ隊員みなが集めてくれた志の航空糧食、煙草その他を小包にして送る。なかに隊員一同からの妹への激励文、みんなの集合写真を入れる〉

妹への手紙——

〈静ちゃん　お便りありがたう。何べんも何べんも読みました。お送りしたお金、こんなに喜んでもらへるとは思ひませんでした。神だな（棚）などに供へなくてもよいから、必要なものは何でも買つて、つかつて下さい。兄ちゃんの給料はうんとありますし、隊にゐるとお金を使ふこともありませんから、これからも静ちゃんのサイフが空つぽにならない様、毎月おくります。では元気で、をぢさん、をばさんによろしく。

兄ちゃんより〉

大石清の日記——

〈昭和二十年五月十四日

福田助教殿、沖縄洋上にて敵艦船に突入、壮烈な最後を遂《と》ぐとの報あり。練成飛行隊で接したりし頃の勇姿を思ふとき実に感無量なるものあり。

捨身殉国斃而後不已《しやしんじゆんこくたふれてのちやまず》〉

〈昭和二十年五月二十日、曇
愈々出発。苦楽を倶《とも》にせし整備隊員とも別れを告げ、機上の人となる。整備隊員の見送る中を飛び立ち、上空で翼を振り、機首を鹿児島に向ける。H三〇〇〇。はるか機上から、亡《な》き父母の霊に、幼き妹に別離を告ぐ。
十時、煙り噴く桜島を眼下に見て、単縦陣となり万世《ばんせ》飛行場に進入……〉

大野沢威徳からの手紙（万世基地にて）——

〈大石静恵ちゃん、突然、見知らぬ者からの手紙でおどろかれたことと思ひます。わたしは大石伍長どのの飛行機がかりの兵隊です。伍長どのは今日、みごとに出げき（撃）されました。そのとき、このお手紙をわたしにあづけて行かれました。おとどけいたします。

伍長どのは、静恵ちゃんのつくつたにんぎやう（特攻人形《マスコット》）を大へんだいじにしてをられました。いつも、その小さなにんぎやうを飛行服の背中につつてをられました。

ほかの飛行兵の人は、みんなこし（腰）や落下さん（傘）のバクタイ（縛帯）の胸にぶらさげてゐるのですが、伍長どのは、突入する時にんぎやうが怖がると可哀《かはい》さうと言つて、おんぶでもするやうに背中につつてをられました。飛行機にのるため走つて行かれる時など、そのにんぎやうがゆら〳〵とすがりつくやうにゆれて、うしろからでも一目で、あれが伍長どのとすぐにわかりました。

伍長どのは、いつも静恵ちゃんといつしよに居るつもりだつたのでせう。同行二人《どうぎやうににん》……仏さまのことばで、さう言ひます。苦しいときも、さびしいときも、ひとりぼつちではない。いつも仏さまがそばにゐてはげましてくださる。伍長どのの仏さまは、きつと静恵ちゃんだつたのでせう。けれど、今日からは伍長どのが静恵ちゃんの〝仏さま〟になつて、いつも見てゐてくださること、思ひます。

伍長どのは勇かんに敵の空母に体当りされました。静恵ちゃんも、りつぱな兄さんに負けないやう、元気を出してべんきやうしてください。さやうなら〉

大石伍長の遺書――

〈なつかしい静《しい》ちゃん！

おわかれの時がきました。兄ちゃんはいよ〳〵出げきします。この手紙がとどくころは、沖なは（縄）の海に散つてゐます。思ひがけない父、母の死で、幼ない静ちゃんを一人のこしていくのは、とてもかなしいのですが、ゆるして下さい。

兄ちゃんのかたみとして静ちゃんの名であづけてゐたいうびん（郵便）通帳とハンコ、これは静ちゃんが女学校に上るときにつかつて下さい。時計と軍刀も送ります。これも木下のをぢさんにたのんで、売つてお金にかへなさい。兄ちゃんのかたみなどより、これからの静ちゃんの人生のはうが大じなのです。

もうプロペラがまはつてゐます。さあ、出げきです。では兄ちゃんは征きます。泣くなよ静ちゃん。がんばれ！〉

第十五話　素裸の攻撃隊

原田良次（軍曹、飛行第五十三戦隊、Ｂ29邀撃《ようげき》夜間戦闘隊整備班）**の語る――**

「超〝空の要塞《ようさい》〟とよばれる巨人機ボーイングＢ29の東京初来襲は、昭和十九年十一月一日。

この日、マリアナの基地を飛び立って一万メートルの超高度を白い飛行雲をひいて東京上空に現われたＢ29に愕然《がくぜん》とした東部第十航空師団は、ただちに指揮下の調布（百式司偵《してい》、三式戦飛燕《ひえん》）、成増《なります》（二式戦鍾馗《しょうき》）、印旛《いんば》（一式戦隼《はやぶさ》）、柏《かしわ》（二式戦、五式戦）、東金《とうがね》（百式司偵）それに私たちの松戸（二式戦複座・屠龍《とりゅう》）の各戦隊に邀撃を命じました。が、緊急発進した戦闘機隊の出撃は、みじめな結果におわったのです。偵察のため侵入したただ一機のＢ29を撃墜……どころか手も足も出なかったのです。むりもありません。陸軍航空隊というのは外征作戦、つまり外地へ侵攻して戦うことばかりを考え、本土防空のための高射砲や、防空戦闘機の開発への関心は極端に薄かった。帝都防衛の高射砲隊の保有する四十八門の砲は、いずれも八千メートルが有効射程で、

Ｂ29を狙《ねら》っても打ち上げ花火ほどの効果しかなく、出撃した戦闘機も、その高度まで上昇できなかったのです。たとえ上昇したとしても、一万メートルの高度を維持して飛行することは至難でした。一万メートルの高々度飛行といえば、空気密度は地上の五分の一、温度はマイナス摂氏四十度。空気圧縮のできる過給器を備えない日本の戦闘機の高々度での操縦技能は極度に悪化し、二式複座戦闘機〝屠龍〟でも、八千メートルになると強い偏西風に流され、機首を上げてレバーを全開にしても飛んでいるのがやっとの状態で、ついには失速して、いっきょに数千メートルも滑り落ちる危険が生じる。おまけに、たのみの有力火器の三十七ミリ機関砲は凍結して発射できずといった状態でした」

日本軍戦闘機の重大な欠陥は、エンジンの高空性能への対策がまったくなされていないことであった。頭上のＢ29を追撃しようと思って上昇すれば、地上で百馬力のピストン・エンジンは、高度六千では半分の五十馬力に性能が低下してしまうのだ。

これを防止するため、高空の稀薄《きはく》な空気の中では、〝空気を圧縮し、空気の酸素密度を高めてエンジンに供給する一種の空気圧縮製造〟過給器（排気タービン）の装置が必要であった。

「高度一万メートルの高空で浮揚しているのが精一杯という日本戦闘機にくらべ、巨人機B29は排気タービンをもった強大なエンジンを装備し、機内の気密室で十一名の乗員は酸素マスクなしで自由に行動することができるのです。そのうえ、小型計算機によって距離、高度、温度をはじめ機銃掃射までコントロールされ、強力な装甲と遠隔操作による機関銃十挺《ちょう》と二十ミリ機関砲。爆弾搭載量《とうさいりょう》九トン。高度一万メートルで最大速度五百九十キロ、航続距離一万キロというバケモノのような最長距離爆撃機です。

が、この日のB29の単機偵察飛行が、やがてマリアナ基地（サイパン、グアム、テニヤン）を発進した第二十一爆撃集団《コマンド》の無差別爆撃によって帝都東京は地獄の底に叩《たた》きこまれることになるのですが……」

十一月一日にはじまったB29の偵察行は連日のように行われたが、日本軍のレーダーの単機捕捉《ほそく》は依然として困難であった。もっとも、八丈島警戒機がその機影を捉《とら》えても、本土の制空部隊に通報、師団が出動命令をくだし邀撃戦闘機が離陸するまで約三十分。出撃機が高さ一万メートルまで上昇するために六十分。あわせて九十分ちかくが必要であった。いっぽう、八丈島を通過したB29が東京上空への所要時間は約六十分。

「日本軍の戦闘機も高射砲も、いつもわれわれの背後《あと》を追うだけだった」とB29の搭乗員たちは語る。

このB29の白昼の東京上空侵入の屈辱に歯ぎしりした第十航空師団は、みずからの面目をたてるために十一月七日、隷下《れいか》の各戦隊に特別攻撃を命じた。特別とは、「一死もってこの任（B29撃墜）を達成せよ」という、百中百死の攻撃命令であった。

一、敵B29は昨今しばしば高々度をもって、帝都上空に来襲す。

一、師団は特別攻撃隊を編成し、これを邀撃せんとす。

一、各部隊は四機をもって特別攻撃隊を編成し、高々度で来襲する敵機に対し体当りを敢行し、これを撃墜すべし。

この特攻隊は、防衛総司令官東久邇宮稔彦王《ひがしくにのみやなるひこおう》大将により「震天制空隊」と命名された。

だが、特攻は戦術ではない。指揮官の無能、堕落を示す〝統率の外道《げどう》〟である。

原田良次の日記——

〈昭和十九年十一月八日　曇のち小雨

朝まだき、兵舎の私の個室の扉《とびら》が荒々しく音たてたのに気がついたのは、まだ夢の中であつた。

「起きろ！」

頭の上からどなる声に、目をこすると、枕元《まくらもと》に、横山少尉《せうゐ》と荒木見習士官が、怒つたやうに立つてゐた。ひさしぶりの兵舎の熟眠の夢が破られて、毛布をはねのけたとき、肌《はだ》に初冬の冷気がさすやうな冷い朝に気がついた。今日は立冬の日なり。

「一機、至急整備たのむ」

「ただいま四時十五分、午前中に準備完了のこと」

と吐き出すやうな早口で、

「特攻機だ！」

「征《い》く者の気持を察して起きてくれ」

と矢継早やである。

首をあげた窓外には、まだ明けない朝のしじまが重く沈んでゐた。

昨夜の師団命令で決まつた「特攻機」だといふ。なんとしてもやらう、といふ決心の反面、つひに来るものが来たか、と思ふ悲壮感が胸の中に湧《わ》きあがつた。

兵五名と明けきらない霜烈の飛行場で、緊急作業。機（屠龍）の銃も、機関砲も、弾薬も次つぎに取りはづし、飛行場の白い霧のかがやく芝草の上におろした。操縦士を守る座席にある防弾鋼板から燃料タンクの防弾ゴムまで取り除き、無線のポールも根元から切り取り、重い三本の酸素ボンベも捨てた。これで二百キロ重量が減る。これで身軽に高々度を飛べる。後部座席も操縦席も、空屋のやうに空虚になつたとき、朝があけ、今日の飛行場は暗い雲が低くたれこめ、一帯に荒涼《くわうりやう》の気がみなぎつた。

軽量の酸素発生器をつけかへ、無線係の兵隊が同乗者席の無線機を外し、操縦席では対空無線機を入念に調整してゐるころ、岡田一等兵が、ペンキで胴体いつぱい大きく赤い鏑矢《かぶらや》（第五十五戦隊震天制空隊のシンボル・マーク。赤い矢は、かへらじとかねて思へば梓弓《あづさゆみ》……の古歌にちなんでゐる）を描いて、特攻機の印をつけた。

私は、にぶい朝日の昇つた東の空を仰いで、この私の手で改装された特攻機の死装《しにしやう》束《ぞく》の意味を思ひ、目を伏せた。ここにも国家の意志の絶対の重みがある〉

武装をはずし、身を削るように軽量化して高々度に上昇したあとの、素裸の二式戦屠龍に残された攻撃手段は、体当りしかなかった。

B29の本格的な空襲は、十一月二十四日からはじまった。

大本営発表（昭和十九年十一月二十四日十七時）――

〈本十一月二十四日十二時過ぎより約二時間に亘《わた》りマリアナ諸島より敵機七十機内外数梯団《ていだん》となり高々度を以《もつ》て帝都付近に侵入せり。

我方の損害は軽微にして戦果中現在までに確認せるもの撃墜三機なり〉

大本営は、特攻、震天制空隊の反撃によって三機撃墜を報じた。が、実際には四十七戦隊の見田義雄伍長《ごちよう》（少飛十二期）の体当りした一機が房総半島沖に墜落しただけであった。


原田良次の日記――

〈昭和十九年十二月三日　晴
敵機の来襲は先月の二十四、二十七、三十と三日目ごとにある。今日はその三日目の厄日《やくび》なり。十時十三分ごろ情報、ただちに起床。

「敵数編隊母島上空を北進中」

飛び起きると壕舎《がうしや》を後に、各隊いっせいに部署につき、出撃準備。出撃前の列機の前で飯を食ふ。

十一時五十五分、硫黄島二百六十度六十キロＢ29北上中……十三時二十分、八丈島南方百キロ、三目標北進中……十三時二十五分、飛行第五十三戦隊警急中隊出動せよ、八王子上空……十三時五十四分、飛行第五十三戦隊全力出動せよ。

敵Ｂ29約七十機は十個梯団をもつて伊豆諸島西側より侵入、十四時三十分より約一時間、高々度より三鷹付近を爆撃し、のち銚子付近より脱出。

わが隊撃墜二機、撃破三機。

沢本政義軍曹《ぐんさう》未帰還、彼は痛烈なる体当りによりＢ29一機を屠《ほふ》る。他隊の特別攻撃出撃機も、体当り三機撃墜と聞く。（二百四十四戦隊の四宮中尉ら三機、体当り後、落下傘《らくかさん》降下で生還。米軍の発表によればＢ29六機が未帰還）〉

こうして巨人機ボーイングＢ29と小雀《こすずめ》のような戦闘機との血みどろの戦いが繰りひろげられていく。だが、死角のほとんどない、針鼠《はりねずみ》のような機関銃、機関砲装備の編隊火網をくぐりぬけて体当りしようというのは至難のわざであった。

青木哲郎（少尉、飛行第五十三戦隊第一次震天制空隊長）**の語る――**

「とにかく寒いんですよ。一万メートルまで上ると、地上が零度ならマイナス五十五度になります。飛行服の電熱など、高々度ではすぐに切れてしまって役に立たないのです。寒いので手袋も二枚重ねているんですが、操縦桿《そうじゅうかん》を握る手から汗がでて、それが手袋の内側で凍って真っ白になるし、吐く息が氷柱《つらら》になって下るという有様です。一万メートルに上がる、と軽く言いますが、これがもう大変なのです。最初は五十分ぐらいかかりました。慣れてきても四十分という時間が必要でした。B29を攻撃するには、真上方攻撃といって、上空から真っ直《ま》ぐぶつかっていくのです。それと高度差を速度にかえて前下方に突っ込んでいく前下方攻撃。側面からの前側上方攻撃や後上方攻撃という攻撃法もありますが、武器をもたない素手同様の突入ですから、後方から攻撃をかけてB29の前にでた途端、撃たれてしまうのです。体当りと一口にいっても、簡単なものではないのです。私など、二十回も出撃しながら、いかった人はよほど運がよかったのだと思います。落すか落されるか、みごとにぶつちども成功しませんでした」

悪条件下での高々度の体当りのむずかしさは、数多くの戦死者の名の連なりをみればわかる。

入山稔兵長　戦死　十九歳……飯田重雄軍曹　戦死　二十一歳……田上久伍長
戦死　二十歳……
そして、整備班の原田軍曹が特攻機第一号として改装した今井五郎軍曹（二十一歳）の名もそのなかにある。

原田良次の日記――

〈昭和十九年十二月二十七日　曇
二十時十分、Ｂ29銚子方面より侵入、二目標。二十時四十分、当隊警急中隊出動。東京上空へ。その中に、手を振つて離陸していつた今井軍曹の、私の手塩にかけた特攻一機もふくまれてゐた。

Ｂ29三機、銚子――土浦――日立をへて海上へ遁走《とんそう》。

二十二時三十分ごろ各機帰投。戦果なし。寒気きびしく、飛行場に立つ兵隊の肩が白く霜でぬれた。

二十三時近く、ピストの新井兵長が今井機の連絡杜絶《とぜつ》を伝へた。急ぎかけつけた暗いピストの幕舎の中で、今井によびかける基地対空無線の兵隊の必死の声をかこんで、沈痛な男の声が重なりあつてゐた。

土浦――日立とへて、海上脱出のB29を月明りの洋上遠く追ひつめた今井の無鉄砲さをいまさらながら悲しむ。いまこの基地に近づく爆音は一つもない。やがて腕時計に目をおとした向井整備中隊長の「今井機、搭載燃料あと十五分」の声に、夜気粛然と迫る。いそがしく懐中電灯に照し出された机上の航空地図をさす彼の右手は、敵を追尾した今井の在空地点、日立洋上百五十キロをさした。

……燃料切れの二十三時三十分をすぎても、彼は還《かへ》らなかつた。一つの人間の生命が、月明りのこの夜空に果てた。さよなら、今井よ、私はこの十二月の月明りの夜空を生涯《しやうがい》忘れない〉

この日の昼間、おなじ飛行第五十三戦隊の渡辺泰男少尉（二十一歳）が、体当りに成功した状況を「タイム」誌1945年6月4日号は記している。

〈僚機はアンクル・トム機が一〇、〇〇〇メートルの高度で日本の戦闘機（渡辺機）に体当りされて、大きく切り裂かれたのを目撃した。アンクル・トムはよろめきながら高度三、〇〇〇メートルで姿勢を立て直したが、やがて真黒な煙の柱を残しつつ東京湾へ墜落していった〉

祖国の命運を東京防空戦に賭《か》けて、武器をはずした愛機に搭乗しB29に迫って倒れた若者や少年たちの数は多い。

三鷹上空でB29編隊の砲火を浴びて二式戦から脱出したが、落下傘がひらかず、高度三百メートルから遥《はる》か眼下の皇居にむかって挙手の礼を捧《ささ》げつつ大地に激突していった佐藤芳雄軍曹（少飛八期）……B29を攻撃して炎上させ、わが機もまた被弾。落下傘降下を行えば火焰《ひえん》の機を民家に墜落させることになると不時着をはかり、力つきて水田に突入した平馬康雄軍曹（少飛九期）らの行動は人びとを感動させ、ながく語り伝えられた。

平馬康雄――。

福井県の富裕な農家の長男に生まれる。両親の希望に従って、県立農業学校に学ぶ。四年生のとき、少年飛行兵を受験して合格、昭和十四年、東京陸軍航空学校に入校、十六歳であった。当時、少年飛行兵と海軍の予科練は少年たちのあこがれの的であった。

〈学校は志願制で募集していたが、志願すれば誰でも入れたわけではない。まず厳重な身体検査にパスし、そのうえ学科試験に合格して、はじめて〝陸軍生徒〟になり得た。競争率は数十倍、ときには百六十倍ということもあった〉（『陸軍少年兵』毎日新聞

社）

昭和十五年、熊谷陸軍飛行学校入校いらい戦闘機乗りとしての第一歩を踏みだした平馬は、十八年、二式複戦に搭乗してジャワのマニラ基地、アンボン島、チモール島、タニンバル諸島を転戦。十九年、ボーファイターと戦闘、左肺盲貫の重傷を負ってラマン陸軍病院へ後送。三ヵ月後平馬は、胸に銃弾を残したまま退院し内地へ帰り、名古屋小牧の五戦隊に所属。のち東京防空戦隊、松戸基地の飛行第五十三戦隊を経て柏基地、第十八戦隊に転属。

このころ、平馬には恋人があった。もっとも恋人とはいっても、一度も逢《あ》ったことのない、慰問袋が縁で文通を交しあっていた少女に抱いた、ほのかな思いであった。昭和二十年四月七日、東京小石川の女学生、高橋典子は姉とふたりで、平馬を訪ねるべく柏駅に降りた。ところが、おりからの空襲警報に典子と姉は東京へ引き返していった。平馬が、いちども逢ったことのない恋人の写真を胸に、B29邀撃に飛び立っていったのも、その時間であったという。

加藤敏雄（伍長、少飛十五期）**の語る――**

「この日、新鋭戦闘機五式戦で、中島飛行機工場の爆撃をめざして北上するP51百八十機とB29百七機の戦爆連合の大編隊を、越ガ谷上空で捕捉した平馬たち十八戦隊は、上空から急襲。平馬機はB29編隊の右二番機に突進撃破、発動機から火を噴きあがらせましたが、平馬機もまた被弾、黒煙を引きながら古利根川付近に不時着をはかったのです。そして平馬は、行く手の大吉地区の人家群を避けるため右旋回をしようとして失速、水田深く突入してしまうのです。

不時着しようとしたことは、疑いもありません。二十七年ぶりで発掘された平馬機の残骸《ざんがい》の指示計器、フラップ（下げ翼開閉指示）が〝全開〟になっていたのを見てもわかります。平馬機は力つきて自爆したのです。

平馬軍曹の行動に感謝した大吉地区の人びとは、平馬機自爆の地に慰霊の墓標を建て、ひそかに供養《くよう》をつづけていたといいます。ところがその後、水害のため墓標が流失し、何処《どこ》が自爆地点なのか、判《わか》らなくなっていたのです。それを知った九期生の人びとが調査し、自衛隊が協力して地中ふかく眠っていた平馬軍曹の遺体と五式戦の残骸をようやく収容することができたのです。昭和四十七年二月のことでした。慰霊祭には大吉地区の人びともあつまり、越ガ谷体育館で盛大に行われました。はい。その遺骨が平馬軍曹だという決め手になったのは、飛行服の物入《ポケット》に納められた一枚の、ぐっしょり濡《ぬ》れて変色した女学生の写真でした」

米国戦略爆撃調査団報告書――

〈昭和十九年十一月二十四日から昭和二十年七月二十九日まで、マリアナ諸島から日本本土を襲ったB29の総機数二万三千八百五十六機。そのうち防空戦で撃墜されるもの百三十四機。体当りによって失われた数、六十二機……〉

第十六話　惜別《わかれ》の唄《うた》

八牧美喜子の語る――

「原ノ町は、その名のとおり阿武隈《あぶくま》山脈の裾野《すその》にひろがった町で、平野の一画の雲雀《ひばり》ガ原は昔から相馬《そうま》野馬追いの場として有名なところでした。この草原を利用して飛行場を造るという話は、私が子供の頃からありました。ええ、そうです。陸軍の航空基地に決まったのは昭和十五年でした。でも、町の人たちが喜んで歓迎した飛行場は、町から四キロあまりも離れた原野のなかの石神地区でしたので、航空隊に親しみを感じるには遠すぎました。

その航空基地から、休日ごとに出てくる少年航空兵の姿を町で見かけるようになったのは、戦況が悪化し玉砕がつづいた昭和十九年でした。

そのころ、ミルクパーラーだった私の実家、〝松永牛乳店〟にも、少飛十三期生や民間航空機乗員養成所出身のパイロットたちがやってきました。十九年の夏ごろは、松永牛乳店もまだ、ほそぼそながら牛乳やアイスクリームの店をひらいていました。

喫茶店などといったしゃれた店などない田舎町のことですから、航空隊の外出日は店内は少年航空兵で満員でした。寺田（増生）伍長《ごちょう》ら二十七人の少年たちが店にやってくるようになったのは、外出のとき隊から支給された弁当を店先で喰《た》べさせて下さい、と入ってきたのがきっかけでした。家の者たちも喜んで、座敷の縁側を開放し、ありあわせのものを出しお茶を出しました。寺田伍長ら十三期の人たちが原ノ町ですごしたのは、十九年五月から九月ごろまでの、ほんの短いあいだでした」

寺田増生（伍長、少飛十三期）**の手紙――**

〈晩秋の候となり其後《そのご》皆々様には御元気にて御変りなく御暮しの事にて、貴女も御元気の由《よし》慶賀に堪へません。

先日は御元気な御便り有難う。亦《また》折紙有難う。連日、元気一杯大空を翔《か》けて戦地へ征《い》く日も近く、その日は必ず皆様の御期待に添ふ如《ごと》く努力致します。

出張の際は有難う。帰り、見送り有難う。よく見ました。ちやうど家の上（上空）でしたが海に出て帰路につきました。坂本君の御便りで承知の如く、先日は休暇を戴《いただ》き姫路に帰り父妹に孝養して来ました。貴女の家に寄つた時母の事を思ひ出しました。小生、幼少より母を亡《な》くし亦兄二人亡くし現在妹と二人切《きり》で一寸淋《ちよつとさび》しかつたですが、御国の為《ため》です。

在中の写真は原ノ町飛行場に在る時撮りし写真にて、つまらぬ写真ですが何卒《なにとぞ》御受取下さい。そして写真ブックの一隅《いちぐう》にでも張っておいて下さい。鶴沢、古木も非常に元気でやってます。いま古木は愛用のハーモニカを吹き、鶴沢は家に便りを書いてます。

では向寒の折、皆々様御体を大切に暮して下さい。御健勝を祈ります。皆々様に宜《よろ》敷《しく》御伝へ下さい。

敬具

加藤美喜子様〉

美喜子の語る——

「はい、加藤というのは私の旧姓です。皇魂隊員の寺田伍長ら三名は、翌年の一月八日、隊長の三浦恭一中尉《ちゅうい》とともに比島リンガエン湾で散華《さんげ》します。……松永牛乳店でお茶、牛乳、アイスクリームを味わった十三期生二十七名のうち戦死者二十名。そのうち十四名が特攻（皇魂・勤王隊員）でした。皇魂隊が台湾へむかう途中、寺田伍長は濃霧で列機を見失いながら、ただ一機で海峡を渡りきったといいます。きっと操縦技術が少年パイロットとしては抜群だったのでしょう。

特攻といいますと、松永牛乳店をクラブ同様にしていました士官学校五十七期の斎藤三郎少尉や四十五戦隊、二十七戦隊の人びとをすでに敗色の濃い比島戦線に送りだしていました。そしてやがて、特攻を拝命した久木元少尉が下志津に向って発《た》ち、ほどなく同じ五十七期の中田少尉、八木少尉、木下少尉、鈴木少尉らも鉾田《ほこた》飛行場にむかって転属して行きました。

斎藤少尉らの特攻が報ぜられたのは、二十年一月一日の朝日新聞でした。

〈我が特別攻撃隊、一誠、鉄心、旭光、進襲、皇華の各飛行隊は十二月二十九日以降、ミンドロ島に対する敵増援輸送船団に突入、之《これ》に大なる打撃を与へたり〉

そうです、このうちの進襲隊はお酒が好きで陽気だった久木元少尉の、そして皇華隊は病気がちな私にそっと転属先から京人形をおくって下さったやさしい斎藤少尉の特攻隊です。当時の日記をくってみますと、斎藤少尉の出発は、十一月……。

〈六日

斎藤さんたうとう行ってしまはれた。(午前)五時の汽車だつた。丁度お餅《もち》があつたのですごく甘くしてお汁粉と鳥の雑煮、うどんも御馳走《ごちそう》したかつたけど時間がなくて駄目《だめ》だつた。残念に思ふ。斎藤さんに可愛《かはい》がつてもらつた猫《ねこ》の三ちゃんも門までお見送り。東の空が紫にうす明くあけそめてきた時だつた。お別れのとき斎藤さんは

〝決戦に間にあってよかった、よかった〟と何回も言はれた〉
突然の命令をうけて、原ノ町を去って再び還《かえ》らなかった若者や少年たちとの別離は、病気がちな十五歳の少女にとってはあまりにも強烈で残酷な体験でした。
こうして陸士五十七期の〝べコ屋編隊〟の若者たちは、わずか二ヵ月の原ノ町を後に、川口弘太郎少尉ひとりを残して去っていきました。
べコ屋編隊というのは、東北弁で牛のことをべコというので彼らが松永牛乳店をもじってつけた愛称でした。そのべコ屋編隊の最後のひと、川口少尉に命令がとどいた日のことを、いまも鮮やかにおぼえています……」

美喜子の日記――

〈昭和二十年一月十七日
今夕、川口さんに命令あり、明後日銚子の戦隊に行くとの事。誰も予想してゐなかつた。川口さん自身だつて……この人もあゝ……別れ、兵隊さんとの別れは本当に永遠の別れなのだ。斎藤さんとの別れで良くわかつた。私はよく知つてゐる。だからつらい。でも私は泣かない。発つてしまふまで泣かない〉
〈昭和二十年一月十九日

今朝、家から（川口少尉）発つて征く。まだ嘘《うそ》の様、別れの悲しさまだ感じない。銚子からお便り頂かないうちは、川口さんがもうゐないとは心にせまらないだらう〉

〈昭和二十年一月二十日

今日、戦闘演習中の隼《はやぶさ》が空中接触する。はじめてあつた事故。……落下傘《らくかさん》で降りてゆく人の影、青い空にはつきり見える。折角良く開いた落下傘がだんだん海の方へ流されてゆく。あんなにはつきり目の前に見える人をみすみす見捨て、死なすなんて体がくらくらして見てられない。二度《ふたた》び見上げた空には落下傘も飛行機も見えず、真青な空に雲が流れてゐた。その速度が憎かつた。目の前で死ぬのを見なければならない気持、もう忘れられない。川口さんに（手紙をだして）落下傘をたたみ直しておく様言つてやるつもり〉

〈昭和二十年一月二十一日

川口さんが原ノ町から行つて今日で三日目〉

〈昭和二十年一月二十三日

私あての久木元さんのお手紙やうやく今頃きた。前橋で書いたもの。誰かに出してくれとたのんで行つたものらしい。もしかしたら決行（特攻突入）したのぢやないだらうか。私に丈夫になる様に強く明るく生き抜く様に書いてくれた。久木元さんはどんな気持で書いたのだらう。久木元さんは死んで行く人、私が丈夫になる様にとは本当の心だらうか。決行する時は本当に神様の心だらうか、それまではやはり人間、士官学校出身だからいざといふ時は違つても、ふだんはやつぱりふつうの人。特攻の人をこんな事いつてはいけないけれど一面にはやはり淋しい時もあるでせう。その時、私が楽しみだけで暮すと考へるより、こんな私でも苦しみながら生きてゆくと知つてる方が良い。悩みを話しておいて良かつたと思ふ〉

〈昭和二十年一月二十四日

川口さんから葉書をもらふ。銚子からだ。誰にも川口さんから来たなんて言はない〉

〈昭和二十年二月二日

川口さんに〝朗らかに朗らかに〟と言はれたけど私にはとても出来ない。久木元さんが石垣島《いしがきじま》からくれた手紙に〝私が美喜ちやんの分までやりますから、美喜ちやんは何もしなくて良いわけでせう〟つて書いてあつた。特攻隊の人にこんな事言はれる者は私位だらう。私みたいな幸せな病人はおそらく居ないだらうとしみじみ思ふ〉

〈昭和二十年二月三日

今日、坂本さんより知らせ来る。昨年十二月、寺田さんはつひに決行されたとの事、意外だつた。台湾で久木元さん達と一緒になつたとか消息きいてゐたので、今頃ぢやないかと思つてたのに……まだ公報は入らないさう。近頃の特攻隊はどんなわけかラヂオ発表にならずいやな感じ。寺田さんのあげられた戦果はまだわからない。私は寺田さんは二十歳になられたと思つてかげながら喜んであげてゐたのに、やつぱり十九歳のまゝ散られたのか……〉

〈昭和二十年二月五日

今朝、中田さんより斎藤さんの戦死を知らせてくる。戦死、茫然《ぼうぜん》とする。どうして斎藤さんは運が悪いんだらう。こんな事考へても居なかつた。……血書志願までして特攻になつて、或《あ》る基地に向ふ途中エンヂン不良の為だとの事。本当に思へず何度も読み返したけど故人とある〉

〈昭和二十年二月七日

斎藤さん戦死なされた事。時がたてばたつほど信じられなくなる。でももう一度貰《もら》へるだらうと心待ちしてゐたお手紙、それだけは待つ気持がなくなつた〉

〈昭和二十年二月十二日

今朝、風邪の熱は下がつたけど体が弱つて起きられず床の中に居たら八木さんが来てくれ皆の消息きかせてもらふ。中田さんが特攻隊になつたことも、久木元さんがすでに決行されたことも……久木元さんの決行いつか……とはかくごして居たけど……何と言つたらよいか……。中田さんの特攻、まつたく頭の中をかすめる事もなかつた。まつたく青天のへきれきとはこんな感じを言ふのだらう。中田さんみたいな性格の方が特攻になるなんて考へられなかつた。中田さんとのお別れを考へると空中戦で戦死は予想した事もあつたけど特攻隊員になるなんて〉

〈昭和二十年二月二十五日

中田さんより手紙頂く。汽車の中でポロポロ涙が出た、涙なんかないものと思つてたらやつぱりある様でしたと心の奥まで書いてある。さうだよね、いくら御国の御為と心にきめていたつて別れは別れ、悲しい、人間ですものね〉

中田茂（少尉）**の手紙——**

〈皆様御無事ですか、御伺ひ致します。小生もお蔭様《かげさま》にて無事。明日より九州へ出張。目が廻《まは》りさうでたまりません。お見送り有難うございました。

発車後一筋ポロポロ、手紙を開いてからポロポロ、涙など何処《どこ》かへ忘れたと思つて居りましたら矢張りある様でした。せきますままに乱筆乱文お許し下さい。何《いず》れ車中にてゆつくりお便り致します〉

〈お元気ですか。風邪は直りましたか。滋賀の八日市といふところに（飛行）機がありますので、これから行つて試験飛行、明日鉾田帰還の予定です。

煙都大阪の朝は烟霧《えんむ》が立ちこめて、真上だけ青空が見えます。大分から大阪まで汽車行にて殆《ほとん》ど二日、消耗の極、大層ねむく、それに昨夜空襲で起されてひどい目に会ひました。

歌が苦心の末少しばかり出来ましたので書きます。昨夜八日市より家へ急ぐ車中にて、

何のため家に急ぐかますらをハこの世のわかれ母に告げたし

途中、家に寄つて来ましたが、それとなく告げただけ、朝風呂《あさぶろ》に入つて朝酒を飲みました。誰が何といつても私には母が一番奈津《なつ》かしい人です。

わが母ハいかに在《お》はすかこの夜《よ》更《ふけ》今かへりなバいかばかりなん

前に帰つた時、二十五日頃亦（飛行）機を取りにくるかも知れませんといつたので、二十五日からずつと寝床をとつて待つて居たさうです。母とはこんなもの、夢おろそかにしてはいけません。

ふるさとに散るとも知らで我を待つ老いたる母に如何《いか》に告げなん

ふるさとに髪を残してこの心わが父母にそれと告げたり

両親兄弟は多分察したでせう。父の「光」（煙草《たばこ》）を沢山貰ってきました。破れ靴《くつ》下《した》、髪ばうばうで散々叱《しか》られました。家に寄つた為か女々しくなりました。お笑ひ下さい。

大阪へ来る車中にて晴夜、月よく、場所は瀬戸、静かに昔歌つた軍歌を唄《うた》ひながら、

月光に照し出された瀬戸の海あの島かげに吾《われ》は住みたし　〉

美喜子の日記――

〈昭和二十年三月十一日

今日、池田さんに中田さんの隊は支那《シナ》（中国）へ行つたらしいと聞く。それから山下さんが来て、川口さんは九州へもう行つてしまはれたとの事。もう一度原ノ町へ行くと書いてよこしてたけど駄目だつたか〉

〈昭和二十年三月十五日

九州へ行つてしまつたと思つた川口さん、今朝ひよつこりと来る。九州へなんて嘘《うそ》だつて。やせた。今度こそ本当のお別れか。川口さん自身も言つてゐた。いづれ特攻らしいと川口さんが言つてゐたもの。相変らずの川口さん、前とちつとも変つてゐなかつた。あいさつ廻りや何かで家に居られたのはほんの少しの半日位……昨夜来て家

に泊りたかつたんですつて。たつた十分違ひで乗りおくれたつて事、残念だつた。川口さんも名残り惜しがつてゐた。
　今、十時の夜汽車で帰つた。もう今頃ずゐぶん遠くへ行つたでせう〉

八牧美喜子の語る――

「その夜、私は松永の叔父夫婦や瀬戸屋、柳屋の人たち、それに魚本料理店の主人の寛ちゃんたちと川口少尉を見送るため駅へ行きました。見送りの人びとの背後《うしろ》に立っていた私は、川口少尉を乗せた下り列車がごとんごとんと動きだしたとき、思わずホームを走っていました。ふたたび会うことのできない若者への噴きあげるような惜別の思いが、病身の私を走らせたのです。病弱であっただけに私は、健康な少女とちがった眼で〝生命〟というものを凝視《みつ》めていたからかもしれません。息を喘《あえ》がせながら私は、速度を増してきた列車のデッキに立って挙手の礼をしている川口少尉にむかって、泣くような声で〝お元気で〟と叫んでいました。けれどそれは、見送りの人びとの訣別《けつべつ》の声の波と車輪の響きに消えてしまいました。私の声は、川口少尉の耳にとどいたのでしょうか……」

川口弘太郎（少尉、飛行第六十六戦隊）**の日記**――

〈昭和二十年三月十六日　曇後晴

楽シミニ満チタル十五日　コノ喜色ヲ意気ニ変ゼシメントス　懐《ナツカ》シキ原ノ町……駅塔　人

ベコ屋ノ持成《モテナ》シ　セトヤ　丸川　柳屋　小藤屋　鈴木サン　寛チヤン家ノ待遇……

土産物ニ満チ　見送リヲ謝シテ（原ノ町駅を）発ツ（プラットホームでの）美喜チヤンノ声

――三月十九日　晴

神助ヲ謝ス　月アカリノ那須《ナス》飛行場ニ強行（着陸）

夜二十一時三十分　未《イマ》ダ山白クシテ明ルシ

四十五振武隊緊急（出撃）トカ

――三月二十五日　晴

昨　午前　鉾田ヲ発チ　雲中　雲上引返ヘシテ浜松一宿

何ノ為可愛イ（搭乗機《とうじょうき》の）車輪ヲ損セシヤ……一ツモ　僚機ニハ心セリ

富田屋一宿　B29二十一目標　無礼ゾ

――三月二十六日　晴

浜松　加古川　太刀洗《タチアライ》　黙シテ行ケ　静カニ祈ル
剛殿　栄子ドノ　美喜チヤンニ手紙書ク　心ヲ益々《マスマス》強ク〳〵　人　天地　神
——三月三十一日　晴
二十七日待望ノ鹿児島万世《バンセ》飛行場ニ来ル
麦カ　夏カ　桜　花々々（この地）人良ケレド言（ことば）不明
明日ヨリ四月　又新シク　神ヨ
——四月一日　晴
続々（特別攻撃隊）出撃　完勝シテ下サレ度シ　雄渾《ユウコン》ニセン　〝オ守リ〟ヲ念ズ
必勝へ一日々々　イマ四月ナリ
——四月二日　晴
日々晴天　梅　桃等々華麗　麦亦青クシテ可　斯《カ》クノ如ク万事進ミ度シ　本日神機
ニ乗ル　必勝
——四月十日　雨
十日　家郷ヲ偲《シノ》ブ　必勝ヲ誓ヒ念ズ　朝鮮ニ八日来ル
八日　大詔奉戴日《タイセウホウタイビ》ノヨキ日　意義大　梅満開　桜将《マサ》ニ開カントス
今夜雨　数度此処《ココ》海雲閣ヨリ海南ヲ望ム　勝テ

夜　兄上　美喜チャン　栄子チャン　寛チャン　友チャンニ手紙書ク　恬淡《テンタン》

万事　遠藤中佐殿ノ如クセント読ミテ切ニ感ズ　特ニ戦法ニ対スル研究

余ノ考慮セシ日　研究亦之ナリ　十日々々

――四月十二日　晴

昨日　平壌《ヘイジャウ》（北朝鮮西部）着　仕事ヲ頼ンデ兵站《ヘイタン》宿舎へ

夜　三十分ホド映画観賞　平壌ハ平和ナル都

日本ハ戦ヒツ、アルヲ銘スベシ　我ハ真ニ然《シカ》リ　今日ハ今日

――四月十三日　晴

快晴ノ連続

今日　特攻ハ桜花ヲカザシテ征ク　意　天　地　人ノ動キ　黙ス

二機出スヲ得テ喜ビノ極ミ　更ニ小仕事ニ迄《マデ》出デテ行ク

本日　越智ニ遭ヒ喜ブ　彼優秀ニシテ益々嬉《ウレ》シ　我モ　最後ノ最後迄雄渾ニ頑張《グワンバ》ラ

ン

――四月十七日　快晴

今日亦快晴　平壌デノ一週間　悉《コトゴト》ク快晴ニ恵マル　日々外国風ノ町ヲ眺《ナガ》メ

名ニシオフ牡丹台《ボタンダイ》ヲ望ミ　時ニハ大同江ノ河畔ニ出デテ帆掛ケ舟ノ遡江《ソカウ》スルヲ見

河辺ニ寝　ツクシヲ取リテ旅館ノ食事ニ卵ヲ入レテ出シテモラフ等々　一日中航空《カウクウ》
廠《シャウ》中ヲカケ廻リ頼ミ　帰レバ平和ナル町　真ノ心事持スベキナリ
ＫＤ（カデットの略、陸軍幼年学校出身者）タル余ニ於《オイ》テ　自然中ノ自然ノ儘《ママ》進ミ得
ザルベカラズ　勿論《モチロン》日本人トシテ栄《ハエ》アルＫＤトシテ　今日八時三十五分一機出ス　快
ナリ
姿ノ見エル限リ送ル　戦々　勝タシメ給《タマ》ヘ　祈念
一昨日ヨリ友　木下ト会フ　話ナニヨリ写真トル
——四月二十二日　晴
海雲台　葦屋《アシヤ》　太刀洗
海雲台ヘノ到達　更ニ肚　葦屋ノ背風着陸
武ノ姿ヲ見　喜ビテ発ツ　雁《ガン》ノ巣（飛行場）ヲ廻リテ慎重ニ太刀洗着陸　真ノ指揮
〈
我ニ真ノ力ヲ与ヘラレタシ　太刀洗ノ民家ニ於ル親切ナル一泊　四時起床　日ノ出
ト同時ニ出発
中告ハ喜ビナリキ　オヤヂ戦隊長殿ニハ痛クヤラレタレド　無理ヲ無理ニセザルガ
作戦

本日　桜島ノ噴煙ニ礼シテ此処ニ来《キタ》リ又　天　神　守ラレ度シ　夕　飛行練習。

――五月一日

朝　雨　久方振リニ見ル　小雨ノ旅館庭ニ出デ　今日ノ余ガ誕生ヲ謝シ

神国日本ニ今在ルヲ喜ブ

日日（飛行）演習　万事喜ビテ朗ラカナル気持チ　然モ細心ナル計画　万事万般ニ亘《ワタ》リ俄然《ガゼン》トシテ努力セン　昨夜特ニ考フ

――五月四日　快晴

勇ミ喜ビ征《イ》ク　祈念ス　謝恩ス　皆々様ニ　必勝ヲ信ズ〉

八牧美喜子が、川口少尉《しょうい》の故郷である岐阜、多治見に旅したのは昭和四十九年の秋であった。

その年の五月、飛行場跡が一望に見渡せる原ノ町陣ケ崎公園墓地に建てられた殉難碑の前で、遺族たちを迎えて慰霊祭がおこなわれた。そのとき美喜子は、在りし日の川口少尉をそのまま中年にしたような、弟の剛と出逢《であ》っている。

「一生懸命飛行機を造って、兄貴たちを死なせてしまった……こんなことなら、怠けていればよかった」

動員学徒として、各務原《かかみがはら》の工場で飛行機の部品をつくっていたという剛は、飛行服姿の慰霊像を見あげて、ぼそりと呟《つぶや》いた。そんな剛の声のいろも、あの日の川口少尉そのままであった。

八牧美喜子の語る――

「川口家から招かれて、墓参のため多治見のお宅へ伺った私は、そこで二十九年まえ川口少尉にあげた、あの小さな日記帳にめぐりあって、思わず声を叫《あ》げました。日記帳といっても、もちろん、新しいものではありませんでした。私が使っていて、書き損じた前の部分を引き破ったザラ紙の古日記でしたが、それでも当時としては貴重な帳面でした。

遺品となったその薄い日記帳は、一月十七日の〈夕66（六十六戦隊）附ノ命ヲ受ケ嬉シキ限リ、人ト神トノ力ヲ得テ奮進ヲ期ス〉から、戦死の日の早朝、エンジンの始動を耳にしながら、ふたたび還《かえ》らぬ別れの決意を告げるように、その頁《ページ》だけが太い色鉛筆で大きく〈五月四日　快晴　勇ミ喜ビ征ク　祈念ス　謝恩ス　皆々様ニ　必勝ヲ信ズ〉と勁《つよ》く刻みつけるように書かれていたのです。特攻機直掩《ちよくえん》の川口少尉たち六十六戦隊の九九襲撃機が飛び立ったのは、その五月四日の午前五時ごろだったときいています……」

苗村七郎（少尉、飛行第六十六戦隊第三中隊第三小隊長）**の談話**――

〈五月四日晴。払暁《ふつぎょう》、特攻三十三機、一般機三十二機が知覧《ちらん》を出発した。「特攻隊は全機徹夜で整備の上出撃したが、一般機は整備とまでゆかず、中途からの帰還機は三分の一にも達した。発動機に信頼性がなく、隊員に操縦時間二〇〇時間未満の未熟者が多いことが四式戦部隊の大きな悩みであった。戦闘隊ばかりではなく、襲撃隊にも芳《かんば》しくない点が目立ち、この日の払暁戦に参加した襲撃機は、自発的に全機特攻となったわけで、全機未帰還という結果となった」〉（『陸軍航空作戦』防衛庁防衛研修所戦史室）

万世からは第六十六振武隊（九七戦）の、飛行機事故で殉職した戦友原少尉の遺骨を抱いた毛利理少尉、荒川英徳少尉、壺井重治少尉ら三機が出撃突入した。同日、飛行第六十六戦隊も大挙出撃し、未帰還機九機を出した。すなわち川口弘太郎少尉、小木喜重軍曹《ぐんそう》、大塚善吉伍長、水野光織兵長、塚原昭二兵長、添田実軍曹、安野昇兵長、谷野正三曹長、矢野三郎兵長、足立克也軍曹、林栄三兵長、村上一好軍曹、榊原稲一兵長、椎原請四軍曹、山内正木兵長、加美正一軍曹、若林登子一兵長が壮烈な戦死をとげた。宗宮亮平軍曹（少飛十二期・六月六日出撃散華《さんげ》）の日記には〈五月四日快晴。戦隊の精鋭沖縄の敵めがけて発進す。正に敵を呑《の》むの概《おもむき》あり。今頃は蝟集《いしゅう》せる敵艦船の頭上に殺到せる頃ならん〉とある。

この日、〇八・四三から〇九・〇〇の間に現地軍の確認した戦果は次のように報ぜられた。

撃沈　戦艦または空母一、巡洋艦三、巡洋艦または駆逐艦三、大型艦一、艦種不詳三。

撃破　戦艦または巡洋艦一、巡洋艦二、巡洋艦または駆逐艦一、船種不詳四、空母一、駆逐艦二、火災五、爆破五。

生田惇（大尉、陸軍航空士官学校区隊長）**の談話**――

「……川口弘太郎少尉のように、陸軍特攻戦没者名簿になく、したがって本書（『陸軍特別攻撃隊史』生田惇）の記述にもれた人もある。川口少尉は五月四日午前五時三十分、指揮官として襲撃機九機を率い、体当り必沈攻撃を期して万世基地から出撃した。しかし、川口機からの突入の無電はキャッチできなかった。そして川口編隊は、予《あらかじ》め指命された特攻隊ではなかった。川口少尉が特攻名簿に記載されていないのは、ただそれだけの理由である。ほかにも、多くそのような例があると思われる」

川口少尉の墓参の旅から帰った八牧美喜子は、亡《な》き若者への鎮魂の思いを罩《こ》めて、地元紙の民報サロンに随筆を書いた。

〈鎮魂盆唄《ぼんうた》

相馬に住む私にはむろん実り豊かな秋をたたえた相馬盆唄になじみ深いが、もう一つの盆唄を心に持っている。それは私もまだ行ったことのない岐阜県郡上八幡《ぐじようはちまん》町の盆唄である。ここの盆踊りは日本三大盆踊りの一つとかで、旧盆の一夜、町は旅行客、帰省客で何倍にもふくれ、夜を徹して踊り明かすらしい。

〽郡上のなぁ　八幡出てゆくときは　ヤンレセ　雨も降らぬに　袖《そで》しぼる

哀愁をこめたこの歌詞にどんな悲話が秘められているのだろうか、一度この町を訪ねて問うてみたいと思いつつ果たせない。

この盆唄をはじめて聞かせてくれたのは太平洋戦争末期、原ノ町の飛行場に訓練にきていた多治見出身の若い航空兵だった。私の家に遊びに来て、とぼしいごちそうをかき集めた膳《ぜん》に酔うと青年はこの唄をきまって唄うのだった。すでにそのころ、敗戦の色濃く、航空兵は皆、特攻隊員であり死は覚悟した日々だった。この唄は彼の心のつぶやきのようで少女の私にもしみじみと胸にしみた。「雨も降らぬに袖しぼる」。彼もふるさとを出てくる日、降らぬ雨に瞳《ひとみ》をぬらしたのではなかったろうか。

彼の哀愁をおびた郡上節を本当のものと思って口ずさんでいたが、戦後数年してラジオから流れた郡上節は明るい節回しだった。ああ、本当の唄はこのように明るいのかと知ったが、私にとっていまも郡上節は彼のうたったものの他にない。

沖縄戦で特攻隊員として死んだ彼の口に出せない思いをたくした別れの唄なのだ。人間として生に未練のないはずはない。二十代の青年が死を前にして思うことはなにであろうか。恐らく肉親、愛する女性、知人、四季豊かな日本の国土。これらを死の代償として生命への執着を断たしめたに違いない。……（中略）すべての功罪は歴史の流れの中でおのずから決定する。こんどの大戦の戦死者は歴史の中でどんな位置を与えられるのだろうか。

私はただ歴史の史料の一つとして万感の思いを唄にこめて唄った若者のあったことを記したい。（後略）〉

随筆を書きあげた日、美喜子はその原稿を持って、松永牛乳店の叔父の家に行き、見せた。読み終った叔父は、黙ってピアノの前に立っていった。やがて叔父の指先から郡上節のメロディが流れだした。ぽろんぽろんと打つそのメロディは、あの日、川口少尉が唄ったそのままのものであった。叔父の耳の底に残っている郡上節も、やはり美喜子のものと同じであった。美喜子は涙をこぼしながら、ピアノを弾いている叔父の背をみつめていた。叔父も、泣いているようであった。

第十七話　ごんちゃん

八牧美喜子の手記――

〈昭和二十七年の春、私は結婚を間近にして薄紅色の紐《ひも》で束ねた古手紙と、桐《きり》の箱に納めた若い飛行兵達の写真、そして幼い文字でぎっしりと書き綴《つづ》った一冊のノートを前に考えあぐねていた。

結婚前に身辺を整理しなさい、と母から言われていたが、どうしても捨ててしまえないこの品々を眺《なが》めては吐息をついていた。手紙、写真はすべて戦争末期、原ノ町の飛行場できびしい訓練に明けくれていた青年達から送られたものだった。又、ノートは十九年元旦《がんたん》から二十年四月まで、十四歳から十五歳にかけて小豆粒の様な幼い文字で書きつづった日記風の感想録であった。（中略）青年達が、短く、はかない淡い青春の思い出を残した東北の小さい町、そこは原ノ町。どの青年も第二の故郷と手紙に書き残している。秋風と共に戦局もいよいよ不利になり、比島の危機がひそかに噂《うわさ》され始めた。そして、ついに特別攻撃隊の出撃が発表になった。町は興奮の渦《うず》につつまれた。飛行場の若い航空兵達は、決戦に馳《は》せ参じる決意で気負い立っていた。涙ながらに見送る私達に、或《あ》る人は淡々と、或る人は人間的苦悩を見せて別れていったが、彼等は一様に、自分達が亡《な》き後も新聞、映画に戦果をたたえられて、いつまでも人々の胸に生き続けると信じていた。

「新聞を見てて下さいよ」

口々に言った言葉が、ありありと耳に残っている〉

外出のたびに美喜子の実家、松永牛乳店に顔をみせた飛行兵たちのなかに、ごんちゃんもいた。

飛行第六十五戦隊、権藤貞雄伍長《ごちょう》、十八歳。口かずのすくない素朴《そぼく》なごんちゃんは、松永家の人びとから愛されていた。

その権藤伍長が、最後の帰省休暇をおえて原ノ町にもどってきたのは、昭和二十年の一月四日か、五日のことであった。

隊に寄らず、駅から真《ま》っ直《す》ぐ松永牛乳店にやってきた権藤伍長は、大事そうに抱えてきたボール紙の大きな箱を、テーブルの上に置いた。かれの郷里の北九州博多からのみやげであった。

博多人形だときいて、松永家の人たちは歓声をあげた。早速、紙包みをとり箱を開けた。そのとき誰かが、

「あ」

と声をこぼした。箱の中から現われた、すらりとした立ち姿のその娘人形の頭が、細い首のところで欠けて、落ちていたのである。瞬間、不吉という思いが皆の胸に走った。無口な権藤伍長はなにも云わなかったが、美喜子はその時の、ひどく情けなそうな権藤伍長の顔を、いまでもおぼえている。

権藤伍長が飛行隊に帰ったあと、美喜子は飯粒を練って人形の首を継ぎ合わせた。

そしてその夜、権藤伍長に手紙を書いた。

「ご安心下さい。お人形の首はちゃんと継ぎました。もう大丈夫です。いま床の間に飾ってあります。ありがとう、ごんちゃん」

ところが、どうしたことか二、三日すると、その博多人形の首がぽろりと落ちてしまった。美喜子は、近所の大工にたのんで、欠け口を膠《にかわ》で継いでもらった。よし、よし。が、その膠も効果がなかった。また、落ちたのである。美喜子はべそをかいた。

(ごんちゃん、なぜ、こんな細い首のお人形を買ってきたの)

だが、考えてみるとこの博多人形は、南の涯《はて》の九州博多から東北の原ノ町まで、長

い長い汽車の旅と、途中のB29の空襲や機関車の吐きだす煤煙《ばいえん》に悩まされながら持ってきてくれた権藤伍長の〝こころ〟であった。そんな思いがわかるだけに美喜子は、なんとか人形の首を継いで、権藤を喜ばせてやりたいと焦《あせ》った。
(せめて、ごんちゃんの外出日だけでも首がくっついているように)
しかし、その権藤伍長もまた、九州目達原《めたばる》基地へ発《た》っていく。

美喜子の日記――

〈昭和二十年三月十七日
権藤さん、明日九州へ発つ予定が、明後日発つ様にのびたとの事。おはぎと鶏御飯《とりごはん》御馳走《ごちそう》して三時間ばかりお話ができた。汽車で行くけど、皆(飛行六十五戦隊)と一緒だから後はお会ひ出来ないとのこと。かどまでお見送りしてお別れする。家にきてゐた兵隊さんのうちで川口さん達(飛行第六十六戦隊)も入れ一番長くお世話したのは権藤さんだつた。外出日だけだつたからさう日数は多くなかつたけれども。
目達原つて(権藤貞雄伍長の郷里の)博多とすぐ近くとの事、その点気が楽。でも、これから外出日も淋《さび》しくなつてしまふ〉

権藤貞雄の手紙（鹿児島県川辺《かわなべ》郡知覧《ちらん》町にて）——

〈美喜子様

前略御免下さい。度々の御厚情厚く〳〵御礼申上げます。愈々《いよいよ》原ノ町を去るとなると何だか胸苦しく想《おも》はれてなりませんでした。愈々御別れと言ふ時になつて皆様の御《お》蔭様《かげさま》に依《よ》りまして面会出来ました事は望にかなへて非常に嬉《うれ》しく思つて居《を》ります。

当地に来て故郷近くなつたとは言へ、何だか心淋しく思はれてなりません。然《しか》し我々の通性にて致し方なきものと、あきらめるより仕方ありません。楽しき一時、愉快な一瞬を思ひ出すだけでも、なつかしく思はれてなりません。再びかくの如《ごと》き時代は来ないでせう。いろ〳〵と述べ度いことはありますが、何だか愈々筆をとるとなると書けなくて、もつと落着きましたならば亦《また》、御便りする事に致します。

節子、照子様達にも何分宜《よろ》しく御伝言おねがひ致します。美喜子さんは何分身体《からだ》が弱い方ですからね。無理をしてはいけませんよ。つまらぬ者から御祈り申上げます。

乱文にて纏《まとま》りのつかぬ文章になりまして、失礼致します。

右はとりあへず御礼まで。

二伸　暇ある度に御便り致しますから、此《こ》ちらも皆様の御便りを御待ち致して居ります〉

〈美喜子様

前略御免下さい。随分久しき間御無音に打過ぎまことに申訳ありません。鹿児島南国、早くも桜満開にて、蟬《せみ》があちこちの森にて、耳やかましく鳴いて居ります。敵は物量に任せ沖縄島に上陸して参りました。我々は、この鹿児島知覧の地より、戦機を待つて居ります。愈々九州も敵機来襲も繁《しげ》くなりつゝありますが、何も負けたと言つた様な意気地《いくぢ》なしの日本男子ではありません。先日は敵艦攻撃のため出撃致し、悪運強く再び帰つて参りました。敵こそは物量に任せて、無駄弾《むだだま》をしきりに打ちまくつて参りましたが、本当に驚くべき程でありましたね。

皆様も新聞にて御承知と存じ上げますが、彼《か》の美坂君（特別攻撃隊赤心隊美坂洋男・鶴見少佐以下四機）は三月二十八日赤心飛行隊の一員として、沖縄島の華と散つて征《い》きました。我々も必ず彼に続くべき決意にて、待つてゐる処《ところ》であります。必ず〳〵体当で敵艦を沈めて見せます。

目達原より御便り致して、何分急ぎしためニュースも杜切《とぎ》れ〳〵になつて済みません。暇をみつけては御便りする事にして居りますが、何時《いつ》知れず散つていく身であります為《ため》、本当に是《これ》が最後の御便りになるかも知れません。かうして「レコード」をかけて慰めてゐる気持、原ノ町当時の外出日和《びより》が思ひ出されます。福島の地、第二の故郷はどうしても忘れることが出来ません。今度出撃する時には皆々様の御期待に沿ふべく必ず〳〵やつてみせます。何も後に思ひ残すことなんかありません。どうかその日あるを待つてゐて下さい。いろ〳〵書き度き事ありますが、何分急ぎしため、見られる様乱筆にて読みにくき文章となりまして、まことに失礼致します。

擱筆《かくひつ》に際し、皆々様の御健闘を御祈り致します。

右は不取敢《とりあへず》彼の美坂君の過去を思ひ出すと共に近況まで〉

知覧に集結した飛行第六十五戦隊は、松林に囲まれた三角兵舎の前に並んで一枚の写真を撮っている。このときすでに十二名の戦隊員の姿が失われて、総員十七名。その十七名も、やがては戦火の中に次つぎに消え、敗戦前日の八月十四日の戦闘で戦隊最後の隊員、千葉少尉《しょうい》、稲垣伍長の戦死によって飛行第六十五戦隊は消滅する。

その四月、第六航空軍は第四次航空総攻撃を二十一日として、総攻撃計画をたてている。

その計画によると「沖縄敵航空基地ノ制圧」のため、総攻撃前夜の二十一時、権藤伍長らの飛行第六十五戦隊（一式戦）がまず沖縄北飛行場を攻撃、つづいて軽爆隊、重爆隊が北・中飛行場を攻撃して制圧、その間隙《かんげき》を衝《つ》いて飛行第六十六戦隊に誘導された特攻機約四十機が敵機動部隊を急襲突入する、という作戦であった。

四月二十日。九州地方は晴天にめぐまれたが、支那《シナ》（中国）大陸からの黄砂が天をおおって視程きわめて不良。

夜に入り、翌日の総攻撃に備えて飛行第六十戦隊（重爆四機）沖縄の敵航空基地北・中飛行場を攻撃。火災十四ヵ所、誘爆六ヵ所、敵機三機炎上。この夜、飛行第六十五戦隊（園田大尉機、権藤伍長機、ほか一機）北飛行場を急襲、全機消息不明——。

八牧美喜子の手記——

〈昭和二十年八月、敗戦。敗戦を迎えたとき世論は一変しました。特攻隊は軍部にあやつられた単純な阿呆《あほう》たち、という悪罵《あくば》が浴せかけられました。軍人の思い出を口にするのもはばかられる時代がつづきました。

最近、ふとしたことから中央公論（昭和三十一年四月号）を読む機会がありました。その中に「戦中派はこう考える」という村上兵衛氏の論文がのっていました。

《……いつだったか、会社の若い同僚と話してゐた時、特攻隊の話が出た。彼は、「へつ、特攻か」とまず侮蔑《ぶべつ》の感情を見せてから「ソヴエトでも特攻隊があつたさうですね」と、今度は眼を輝かしながらスターリングラードの激戦で市民兵たちが爆雷を抱いて次々にドイツの戦車の下敷になつた話を教へてくれた。そして、「ソ連の場合には、特攻も荘厳な悲劇だつたが、日本のあれは何です。喜劇ですね」

私は少し大袈裟《おおげさ》にいふと、胸に五寸釘《くぎ》でもぶちこまれたやうな気がした。

さうだらうか――と私は自問自答するのである。相手が喜劇だといつてゐる意味は無論私にもわかる。しかし、死んだ当人にとつてはまつたく同じことではないのだらうか。戦争に勝つたから死者は英雄で、敗《ま》けたから死者は馬鹿《ばか》だといはれては、なんぼなんでも私は腹が立つ。相手は、もちろん戦争目的のことをいつてゐるのだらう。ソ連の戦争は正義と主義のための戦さであり、日本の戦争は企《たくら》まれた侵略戦争だ。そして正義は勝ち邪悪は滅びた。めでたし、めでたし。――しかし、私は、その一部がほんたうだとは思つても、全部が真実とは思はれないのである。だいたい正義の戦争がかつて地球上に行はれたと信じられるだらうか。戦争はその掲げたスローガンの如何《いかん》に拘《かかは》らず、つねにそれ自身罪悪である。しかし、国家の忠誠義務の要請によつて死んだ人は、その人々の人生は、やはり同様の悲劇ではないだらうか》

戦後も十一年経《た》って、なおこうした論文を書かねばならなかった世相の背景がこの一文に滲《にじ》みでています。まして、私の結婚の頃の（昭和）二十七年当時は、特攻は笑いものでした。

私は、生命《いのち》をかけて守った日本と国民に裏切られ、非難される彼らが哀れでした。敗戦であっても、生命をかけた行為が何故《なぜ》罪悪といわれねばならないのでしょうか。戦争中、愛国娘と人にからかわれた位、ひたむきに生きた少女にとって、戦後の変化は心に深い傷を残しました。「戦中派は不信の世代」と言われますが、私もまた、したたかに裏切りを見た時代の娘でした。

世論が裏切っても私だけは彼らを忘れまい。せめて、生きている限り、生命のある限りこの人々の遺品を持ちつづけ、その思い出を大切にしてあげたい。私は、花嫁にふさわしからぬ古手紙の束と飛行兵たちの写真を、嫁ぎゆく荷の中にそっと加えました。

私の結婚相手もまた、特攻生き残りの一人だったからです〉

第十八話　〝特攻〟案内人

「お早うございます。ようこそ遠くから特攻遺品館においで下さり有難うございました。

――知覧《ちらん》町は薩摩《さつま》半島の中央、やや南のところにあります。……これが知覧町の模型なんですね。この低いところが知覧の町の中心地（そう言いながら、手にした棒の先で指し）山あいに囲まれた人口一万五千のしずかな城下町、ここに武家屋敷がありまず……ここに信号があります。この永久橋というのが信号と並んで麓《ふもと》川にかかっております。

ここにキサヌキハラという台地があるわけなんですね。町からずっと上っております。そして枕崎《まくらざき》の海の方から徐々に茶園がつづいてずうっと台地を形成しているわけですね。……このキサヌキハラが昭和十六年太刀洗《たちあらい》陸軍飛行学校知覧分教所として開校され、そして昭和二十年に沖縄にいちばん近いというところから陸軍最大の特攻基地に変貌《へんぼう》したトコなんです。現在、この（と、また棒の先で）位置に遺品館があるわけなんですね、(もとの)飛行場内にあるわけです。そして表(遺品館の外)に出ますとね、給水塔が昔の姿のままで残されております。

……そしてこの、特攻隊員が泊った三角兵舎……飛行場にいちばん近いところに特攻隊員が泊ったのです。ここには碑が立っております。案内板が道路ぎわに立てられております……そしてこの戦闘を指揮した戦闘指揮所がここにあり、無線施設がずうっとこれだけあって、特にこの戦闘指揮所の隣りの無線室は特攻隊員の『われ突入す』という無線を直接傍受したとこなんです。そうして……ちょっとこれから説明しますけどね、隊員たちは内地はもとより、中国、満州、朝鮮から続々とこの知覧へ集まってきたわけなんです。(見学の観光客たち、頷《うなず》きながら声を洩《も》らす)

そして隊員たちは、ここからお父さんやお母さん方に連絡をとって……面会に来たときはすでに出撃された後で、隊員は肉親に会うことなく出撃散華《さんげ》されているわけなんです。(急に声を張りあげて)現代のように飛行機が発達したり、あるいは新幹線でも通っていれば、わけなくここへ来れたんでしょうけど、当時、二日も三日もかかって、ようやく辿《たど》りついたときには、一泊か二泊しかしなかった特攻隊員は、この肉親に会うこともなく出撃をしているわけなんです。……出撃は朝の払暁《ふつぎょう》攻撃が多かったので……三時半か四時に起きてこの森の中をずうっとこの戦闘指揮所まで歩いてきました。もうそこにはすでに二百五十キロの爆弾をかかえた特攻機がエンジンを廻《まわ》していたわけなんです。……爆弾が重かったので機関砲（銃）は全部おろし、無線機でさえわずかに編隊長、あるいは小隊長機が持つのみで、あとの僚機たちはどのような船に体当りしたかということも、この無線室には傍受ができなかったわけなんです。……出撃は一機一機、いちばんこちらまできて（いいながら滑走路の端を指して）、こちらから全力をもってずうっと出撃をするのですけど、現在の飛行場のように滑走路が舗装してあるわけじゃなし唯《ただ》の草原、なかなか浮きあがらず、ようやくのことにいちばん向うへいって浮くンですね、そしてゆるい上昇旋回でもって上空で編隊を組むのですけどなかには一ぺんは浮いてもね、爆弾の重みで再びすうっと沈み、前方の松林に落ちて殉職された隊員も何機かあるンですね。……上空で編隊を組んだ隊員たちは、下で見送る整備兵あるいは住民の方がたが手を振っているのにこたえて、「さようならア――」（と身振りをする）、そう言いながら翼をふりながら、バンクをしながら、この方向、開聞岳《かいもんだけ》の方向へ飛び立っていったわけなンです。

今日は非常に晴れて、開聞岳が美しく見えております……そこに開聞岳の写真もあります……はい、この開聞岳九百二十二メートルあるわけなんですね。この四月、五月というのは緑がまばゆくて、そのかたわらを通りぬけた隊員たちは、名残を惜しみながら永遠に祖国と別れを告げて死出の旅路についたわけなんです……振り返り振り返りこの美しい開聞岳、祖国の見おさめのこの緑まばゆい薩摩富士が次第に小さくなっていく姿を、お父さんやお母さんが「しっかりやってこいよー！」（またジェスチャーをまじえて）、そう言って激励をしているように隊員たちは感じられたというンですね。

そしてまた整備の関係で三泊四泊とこの三角兵舎に泊ることを余儀なくされた隊員は、町へ出ます。そして町のこの橋の手前七十メートルのところにあった富屋食堂というところに立ち寄るのです。この食堂のおかみさんが特攻おばさんといわれた鳥浜とめさん、当時四十三歳、現在八十二歳で町に元気でおられます。当時、隊員たちをヒジョーに可愛《かわい》がり隊員たちも慈母のごとく接したのです。そのため三角兵舎から町へ出ると必ず富屋食堂に立寄っておばさんの顔をみたり、おばさんに顔を見せたりして、それからは筋向かいの兵たん旅館であったこの内村旅館、あるいは橋のたもとにあった永久旅館、あるいは思い思いのところへ散っていったわけなんです。……その隊員たちの思い出の地、このキサヌキハラの一角、ちょうど六十メートル先のところに（言いながら急に声を張りあげ、抑揚をつけて）、若人の霊の永遠に安かれと願って特攻観音堂が昭和三十年に建立《こんりゅう》されました。一尺八寸の観音様の体内には、九メートル五十四センチの巻紙に当時沖縄で亡《な》くなられた陸軍の全特攻隊員（ここで声を低くする）千十六柱、お名前を一人一人ずうっと謹記し、しまってあるわけです。昭和四十九年特攻銅像〝とこしえに〟が出来、そして昭和五十年この遺品館がここに出来たわけです。

——よくここへ来られる人がね（と、急にくだけた口調で中央にかかる飛行服の隊員が並んでいる大きな写真のパネルを指して）、この人ね……この人がね、私によく似ているというんです。ねぇ……皆さんどう思われますか。（見学の観光客たち、ざわめく。そのうち〝あー似てる〟と笑い声）

あのね、みんな笑っておられますけどね（自分も笑いながら）、あのね、私、笑って下さいとお願いしたわけじゃなくて、よく似てるか似てないかを聞いてるンですね。おなじポーズをしますでね、見てくださいね。（とポーズをつくる。それを見て〝うわァ、似てる、似てる〟という声）

似てる筈《はず》です。これ、私本人ですから。（その言葉に見学客たちどっと爆笑する。なかには笑いころげて拍手をする者もいる）

私しゃ本人です。（笑いの渦《うず》のなかで、いちだんと声を高くして）なぜ私がここに立っているかと申しますと、私も昭和二十年五月の二十八日、ここから二百五十キロ爆弾を抱えて出撃したンです（そう一息に喋《しゃべ》ると、一拍して）、あとわずかで沖縄に突入できるというときにエンジントラブルが起きてしまいました。（〝ひゃぁー〟という見学客の声）

当時っ！ 四月の十六日以降沖縄の日本の飛行場は全部敵の戦闘機に占領されるところとなり、常時六十機ないし九十機の敵戦闘機が内地から飛んでいく特攻機を待ちうけて片っ端から落すべく、完全に邀撃《ようげき》態勢をつくっていたわけなんです。そのためこの南西諸島の島づたいにずうっーと攻撃に向えばわけなく沖縄に行けるのですけど、その途中の島の上空の制空権を完全に取られていたわけなンです。そこを通る特攻機は片っ端から落されていきました。（急に声を落す）そのため私たち五月二十八日出撃のものはこのコースを飛ぶことを避け、進路を東にとり、海上すれすれ超低空で攻撃にむかったわけなんです。

……なぜっ（大きな声で）危険をおかしてまで超低空で行ったかと申しますと、皆さん方、爆音がして空を見あげたとき、白い雲の中にぽつんと小さな飛行機ね、あ、あそこに飛行機いるなということすぐにわかりますね……しかし、この真っ青な空ですとね、爆音がすれど姿が見えんが、どこにいるかな、と思ってしばらく探された経験があると思いますね、今日のように真っ青な空はね、飛行機が……小型機はヒジョーに見にくいわけなんです。そしてこの青空よりも更にこの海原のほうがもっと青いわけなんですね……上空でアメリカの戦闘機……超低空で行く特攻機ね、なかなか見つからないわけなんですねぇ。そしてもし見つかったとしてもね、反転をして急降下をしてバババババ！（大声に、見学客たち吃驚《びっくり》する）と射《う》って離脱する時にジャボン！と海に落ちる可能性があるンでね、あまり（特攻機に）近寄れないわけですね……遠くからポンポンポンと射っても当りっこないわけです。平行で射てば尚更《なおさら》当るものじゃないわけなんです。ましてやッ（だしぬけに声の調子をあげる）皆さんのように目が黒ければともかく、アメリカの方は目も青いでしょ、青い目で青い海をじーっと見つめてもね。（見学客、笑いごえ）

なにか見えにくいンじゃなかろうかと思うんですけど。それはともかくとして、海上すれすれ超低空で行ってエンジントラブル、エンジンストップすれば、即ッ海没ですね！　犬死になるわけですね！

――私のエンジントラブルを早くも察知した長機（編隊長機）が私の方を振り返り振り返り……（ひくい声で、よく聞きとれない）……早く離脱せよと言うンですけど、そう簡単に皆と別れる気持ちにはなれなかったわけなんです。（急に高い声で）当時、私は二十歳！（見学客たちのあいだから感嘆のざわめきが洩れる）

生まれた時は別々でも死ぬ時は一緒だと誓いを立て知覧特攻基地から二百五十キロ爆弾をかかえて出ながら、あとわずかで祖国のため肉親のため突入ができる時にこのエンジントラブル、口惜《くや》しいじゃありませんか……なんとかプロペラ廻ってくれ、廻ってくれと念じながら、そしてこの、あと……この、ええ（このところ言語不明瞭《ふめいりよう》）……離脱をせよと言われたときでもね、ダダをこねるようにあと少しだからついて行きたいといってついて行ったわけなんですが、いよいよ最後のドタンバ、どうにもならなくなって、涙をのんで皆と別れを告げたわけなんですね（いちだんと抑揚をつけて）、そして上昇旋回をして、島の方へずうっと行ったわけなんですがね、ようやく島が右下に見えたころ……とうとうプツンとエンジンが止まってしまったわけなんです。この……そして……二度と（エンジンが）かからないことを確認してスイッチを切り、やむなく機首を下げていったわけなんですね。そしてずうーっと降下していって、ようやくのこと水ぎわに……砂地といえど水ぎわ固いンですが、ほんのすこし滑走したンですが矢張りそこは砂地、デェーンと引っくら返って真っ逆さま、背面になってしまったンです。その瞬間のショックはね、バアッとここで（左腕をあげて）受けたわけなんですね。人間ね、ズガイ骨を骨折すれば一たまりもありませんけどね、人間の腕がくだけたくらいでは命にかかわりがないというところでショックをやわらげ……そのとき火が出なかったというのが、この世に私がいるわけなんです。よくこの地上で自動車がぶつかって炎上して焼死体となったということが新聞紙上で報道されておりますが、そのとき火が出なかった幸運、もう一つの幸運が重なって六月の六日ふたたび知覧の三角兵舎のここへ来ることが出来たわけなんです……まわりには自分の隊は一人もおらず、戦闘指揮所へ日参をして、早く出撃命令をくれ、命令をくれテ何度も何度も言ったおかげでようやく出撃命令を貰《もら》って、やれ嬉《うれ》しや明日はいよいよ皆の後を追えると喜んだのも束《つか》の間《ま》、その日が来たら雨のため（出撃が）流れてしまったわけなンです。

——六月は入梅なんですね、梅雨なんですね、（講談口調になって）二十年の六月は来る日も来る日も雨ばかり、その雨のため出撃命令も流れる。六月の二十三日沖縄陥落と同時に沖縄特攻作戦は全面的に中止、本土決戦要員のためその後も知覧にとどまることになり、あのザンキに堪えない八月十五日終戦を迎えて復員することになるのですが……お前はっ！（怒鳴りつけるような大ごえ）、特攻隊員のために何かすることがあるのだっ、そのために命永らえてやったのだ、と言われるような気がして、その後、自分の隊はもちろんのこと全国を行脚《あんぎや》してこのように写真とか遺書とか最後の手紙、遺品とか寄せ書をずうーっと集めてまわったわけなンです。……誰もスポンサーがあるわけではなし、全部私が自費でやったわけなんです……そして昭和五十年この遺品館がここに出来たときにここへすべてを出し、あとの九年間も行脚をつづけて、よーやく一とおり日本じゅう行脚がおわったところで愛知県の犬山から（特攻平和会館に就職して）、単身でここへ来ているわけなんです。今年の夏、来たばかりなンですね、そうして現在、私の力足らず四百十人の遺族より探すことができず、現在ここに六百五十八人の遺影しかないわけです……あとのこの三百六十人の方は、わが子、兄弟が（高い声で）この知覧から出撃したこと、あるいは他の基地から出撃したことも全くご存知なく、このように遺品館が建っていることも、毎年五月の三日、観音様の前で慰霊祭をやっていることさえご遺族もご存知ないわけなンです。……これから私ふたたびこの……ええ……命ある限りふたたび行脚をつづけて、ずうーっとあと三百六十の方全員の……千十六柱のお写真をここに揃《そろ》えるまで頑張《がんば》りたいと思っているわけなんです。それというのもこの特攻おばさんはじめ知覧の人たちに、ヒジョーにお世話になり、そのご恩に報いるため、そして隊員たちが一泊二泊の知覧の人たちにお世話になったこの三角兵舎のご恩は、誰が返すかというとこの生き残った私しか返す方法がないわけなんです。そのため私がここに立っているわけなンです。……あと二分ぐらいで（説明が）終るンですけど……この向う側にね、私の出撃の時の写真があるわけですよ。これだけの（見学の）方たちがずうっと向うへ（行くのは）ちょっと無理ですのでね、ちょっとここで、かいつまんでお話を申しあげますとね、むこうに十二人並んだ（特攻隊員の）写真があるわけですけどね、この……その中の誰かを……これをどなたか（写真の中の）それを私かと当ててくださいと言うとね、百ぴゃく百ちゅう当てて下さるンですね。というのはね、私ね、ご婦人ぐらい背が低いですね。（他の隊員の）皆さん大きいですね。だからね、私、一人だけぽつんと谷間になってますからね「ああこの人だ」と、みんなずばり当るわけですね。

……しかし、背の……あの……しかし、私、はじめから軍人であったわけじゃございませんね……あの、皆様ご承知のようにね、宮崎に航空大学というのありますね。あの、そこのまぁ前身のような逓信省《ていしんしょう》航空局乗員養成所という民間パイロットの養成機関があるわけですね……そこを卒業してですね、まぁ、平時であれば民間航空のパイロットにあるいはなれたかも知れないンですが、戦時がヒッパクして、まったく民間機が飛べなくなったデ、軍へ入れられて、そしてこの戦闘機操縦者となって特攻隊員になったわけなんですね。……そしてね、この、ウインドの中の展示しているなかにね、私の書いたもの、私の真筆《しんぴつ》があるわけなんですね……。そしてそのまわりにね、ずうーっと四十五点の特攻隊員の団体写真……団体写真がずらっと並んでますね。その四十五点のうち二十九点までは私のカメラで納めて（複写して）ネガで持っていたのであのように顔もはっきりし、名前も全部わかるわけなんですね。（見学客たち感心したような声をあげる）

現在すでに三十九年経《た》っていますからね、これから見つかる写真は色が黄色くなって、果して私が写したように写るかどうかギモンなんでね。しかしながら、こうやって展示しておるとね、知覧へ来なかった人はね、知覧は特攻を美化してね、再軍備をはかるンじゃないかと言われる方がありますけど、歴史の一齣《こま》、この真実をね、後世に残す方がいいか、残さない方がいいかというと！（大ごえになる）私は信念をもって残さなければいけないと思って収集したわけなんです。そしてこの方々の死の無意味でなかったアカシをたてると共に今日の平和がこういう尊いギセイの上にあり、平和の有難さ平和の尊さをずうっとうったえ、二度とふたたびこれからの若い人をこの悲惨な戦術のギセイにさせないためにも、ぜったい戦争はやってはいけないことを、ずうっとうったえるため私がここに立っておるわけです。（見学客たち、ぱちぱちと拍手――）

あの……蛇足《だそく》ですけどね……あの、ね。私ね、名古屋市のね、課長をやっていたンですね。区画整理の専門なんです……区画整理。……この前までそこの課長をやってました。しかしね、課長は誰でもやれますけどね、（特攻の）これだけはね、日本中で私しか集めてないンですね。私だけ。（私の他に）やる人ないンですよ。私だけ……。だから課長現職でやめました。本来ならばね、五十五歳で停年になってもね、六十歳まで五年間は栄町の地下の駐車場に勤めることが出来たわけなンですね。しかしそんなことをやっていたら、この貴重な資料が一年一年失《な》くなっていくわけです。そのためにはここへ、今年の夏ここへ来たわけなんですね。え、あなたあのときの新聞記事見てくれましたか。それァ、どうもどうも（哄笑《こうしょう》する）……」

第十九話　魂火《たまび》飛ぶ夜に

知覧《ちらん》高女三年の前田笙子や森要子たち十八名が、戦隊や特攻兵舎の担当を命じられ、松林のなかの三角兵舎にむかったのは昭和二十年三月二十七日のことであった。町役場の山口学務課長や担任教師に引率された笙子たちは、そこではじめて特攻基地を見る。

「吹流しがあって、戦闘指揮所がありましてね、ほんとに戦場だなという、胸がどきどきするほどの怖さで……子供でしたから、ほんとに怖くて……怯《おび》えというのでしょうか」

その三角兵舎に向う途中、空襲があって竹藪《たけやぶ》の中に退避した笙子たちは、丘の上の軍用道路をトラックに乗って通りすぎていく特攻隊員の、白い鉢巻《はちまき》に日の丸の腕章を巻いた飛行兵たちの姿に声をのむ。新聞で、比島戦線に出撃した特攻の記事は読んでいたが、まさか自分たちの町の知覧から、その特攻隊が出撃するなどというのが信じられなかった。

が、その日から笙子たちは、隊員の靴下の破れをかがり、軍衣袴のつくろい、洗濯《せんたく》、掃除、高台にあるこの宿舎までの急な坂道をみそ汁や食缶《しょっかん》を運びあげて食事の用意をととのえ、忙がしく立ち働いた。初老の当番兵が教えてくれた寝台づくりも、すぐに覚えた。藁布団《わらぶとん》のしわをのばして敷布と数枚の毛布をかけ、その毛布の両端と裾《すそ》を藁布団の下に包みこんで寝袋をつくる。それが、あとわずかしかない隊員たちが、人生最後の夢をむすぶベッドであった。

「三角兵舎の内部は、棟木《むなぎ》と平行して真ん中に通路があり、通路の両側に一段高い床があって、そこは畳敷になっていました。その狭いところが隊員の方々の休まれる場所でした。棚《たな》一つあるわけでなく、一夜の雨露さえしのげればいいような粗末な造りで、風通しも悪く、中はいつもじめじめとしていました」

基地から基地へと、あわただしく転々してきた隊員たちの着衣は、汚れはてていた。洗濯の時間もなかったのであろう。なかにはシラミをわかせている隊もあった。肌着《はだぎ》の縫い目にうごめいているシラミをみると背筋が寒くなった。が、そんな気味悪さよりも笙子たちには、こんな肌着を着て百死零生の特攻行に赴かねばならない隊員たちが憐《あわ》れであった。

「せめて出撃には、きれいな肌着で……」

笙子たちは、立ちのぼる煙りを気にしながら、空襲の間隙《かんげき》をぬって隊員たちの衣服を煮沸し、目をつぶる思いで指先でシラミを揉《も》みだし、兵舎の下の小川ですすぎ、洗濯した。

特攻の隊長は、毎朝、三角兵舎から十五分の道を歩いて戦闘指揮所に出頭する。出撃の命令受領のためである。

隊長が帰ってきたとき、笙子たちはその顔いろで出撃の有無を察することができた。

「明朝、出撃……」

そんなとき笙子たちは、言うべき言葉を知らなかった。むりもなかった。わずか十四、五歳の女生徒である。ただ黙って、頭を下げるしかなかった。

夕食まえの一とき、隊員たちは薄暗い兵舎の其処《そこ》ここで、親しい人への手紙や遺書を書く。午後五時、勤務をおえて町に帰っていく笙子たちに、それをことづけるためである。

当時、特攻兵の書簡は軍のきびしい検閲のもとにあった。だから笙子たちは、その私信や小包みを、ひそかに持ち帰って発送してやるため、夕ぐれの兵舎の隅《すみ》に坐《すわ》ってじっと待ちつづけた。

「ながくて、つらい時間でした」

笙子たちが帰っていったあと、三角兵舎で出撃の壮行会がひらかれる。隊長を囲んで隊員たちは、当番兵が運んできた酒を酌《く》みかわし、軍歌や隊歌をうたって最後の夜をすごした。なかには愛唱する歌だけ唄《うた》って出撃していく隊もあった。

〽あの花この花　咲いては散りゆく
　泣いても止めても　悲しく散りゆく
　散らずにおくれよ　可愛《かわい》い小花よ

翌、早朝。笙子たちは出撃する特攻機に二個のおにぎりを積みこむ。これが隊員たちに与えられたこの世での、

「最後の食事だったのです」

その時がいちばん切なかった、と四十年後のいまも笙子は呟《つぶや》く。切なさのあまり笙子たちは、蓮華《れんげ》の花を摘んで首飾りをつくり、特攻機の座席を桜の花でうずめた。

「ありがとう、ありがとう」

特攻の若者や少年たちは、花につつまれて機上から訣別《けつべつ》の挙手の礼をした。

特攻出撃が激化するにつれて、三角兵舎の隊員たちも次々にかわっていく。出撃のあとがらんとした兵舎も、二、三日後にはまた新しい隊員でいっぱいになった。笙子

がハセベリ伍長《ごちょう》を知ったのも、そのころである。

「その日も敵の艦載機やB29が飛来し、朝から連日のように空襲警報が発令されていました。奉仕隊として基地にいた私たちは、兵舎に備えつけられた手動式のサイレンを力いっぱいまわし『退避、退避』と叫ぶ当番兵の横をかけぬけて、近くの地下壕《ちかごう》にとびこみました。壕の中は特攻隊や奉仕隊の女学生、そして引率の先生でほぼ満員でした。

爆音が頭上にせまった頃、一人の特攻隊員が慌《あわ》ててはいってこられました。いっせいに集まった多くのまなざしに一瞬とまどい、赤くなってうつむいた顔にはまだ少年の面影《おもかげ》が残っていました。

やがて敵機の爆音も去り、静けさがもどると彼は急いで飛びだしていきました。しかし間もなく、二度目の爆音が近づき『退避』の声に、口をもぐもぐさせながら再びとびこんできました。

『坊や、またきたのかい。ご飯だけはゆっくり食べろよ』

渡井少尉《しょうい》にそう言われて、プイと壕をとびだして近くの食堂に向かったのだが、敵機の爆音にまた飛びこんできて、出たり入ったりしながら、やっと食事を終えたときは警報も解除になっていました。（昭和二十年）四月十七日のことでした。

翌日、その隊員は松林の中の切株に一人腰をおろし、なにか夢中に作業をしていました。それは、金や銀、色糸などで絽《ろ》の布地を埋めていく日本刺繍《ししゆう》の一種の絽刺しでした。木枠《きわく》にしっかり布をはめこみ、絽織りの透き目へ一針ずつ刺していく手つきは優雅で、ちょっと女性らしくさえ見えました。

物資不足で色彩にも飢えていて、また女らしいしぐさからも遠ざかりつつあった私どもに、（それは）一瞬、何かをよみがえらせてくれました。学校での楽しい手芸の時間だったのかもしれません。いろいろな色どりのなかに、白い糸で刺された文字は、

ブヨウタイ　ハセベリ

と読めました」

切り株に腰をおろして、ハンカチぐらいの大きさの絽刺しをしている伍長のまわりを笙子たちが囲むと、顔を赤くした伍長は、目を伏せてしまった。誰かが、

「ハセベリ伍長さんは何隊ですか」

「ブヨータイ」

「ええっ、舞いのあの舞踊ですか」

みんな目を丸くすると、伍長は怒ったような声で、

「ちがう、武を揚《あ》げる隊です」

そう言ってまた、俯向《うつむ》いてしまった。

ハセベリ伍長は、三角兵舎のなかでも孤独であった。誠第三十一飛行隊として台湾に配属されるが、隊長以下他の隊員はハセベリ伍長を残して特攻出撃。のちにハセベリ伍長は、第六航空軍に転属し第三十一振武隊（武揚隊）になる。ただ一人の隊である。同室の第六十九振武隊の渡井少尉、渡辺少尉らはそんなハセベリを「坊や」とよんで弟のように愛していた。が、それも束《つか》の間《ま》であった。やがてその渡井少尉らも、四月十八日、飛行機受領のため福岡へ発《た》っていく。ハセベリ伍長はまた独りになってしまった。

笙子たちがハセベリ伍長を見たのも、この四月十八日が最後であった。がらんとした三角兵舎にハセベリ伍長ひとりを残したまま、笙子たち知覧高女の特攻兵舎奉仕隊は解散する。解散の理由は、特攻隊員が居なくなったことと、飛行場への空襲が激しくてこれ以上危険な場所に女学生を置くことはできない、ということであった。

三角兵舎の前に立っているハセベリ伍長を振り返り振り返り、笙子たちは松林の丘をおりていった。

「ハセベリさん寂しそう」

ハセベリ伍長の死は、この日から四日後の四月二十二日である。第三十一振武隊、一機、一四四〇知覧出撃。ハセベリ伍長が搭乗《とうじょう》した九九襲撃機は、第四航空総攻撃の特攻三十機と共に名護《なご》湾方面の敵艦船に突入。

〈特攻機種、機数の低下はおおうべからざるものがあったが、攻撃隊員は練達者が多く、戦場付近には煙霧があり、わが攻撃を利した。特攻隊はいずれも低空から接敵し、敵有力艦船の急襲攻撃に成功したものと判明（誘導機の報告および知覧における無線傍受）

一七三〇　アランガー（空母の算大）日本軍の突入を報じたのち発信なし
一七四〇　スパルタン（艦種不詳）発信消滅
一八三〇　ディジスペル（艦種不詳）航行不能を報ず
一八五七　ウブリッツ（空母の算大）日本軍機一機命中を報ず
一九二八　グイシベル（艦種不詳）日本軍機一機体当りを報ず
一九三八　タンタルス（B又はCの算大）日本軍機の体当り攻撃を受くを報ず〉

（『陸軍航空作戦』防衛庁防衛研修所戦史室）

八月になると、戦況の悪化は笙子たちにもわかった。知覧の上空を連日のようにアメリカ軍のグラマンF6Fやノースアメリカン P51が乱舞し、逃げまどう人びとに機関砲弾を叩《たた》きつけた。そして十二日の昼まえ、超重爆撃機B29の編隊三十機が来襲し、飛行場周辺に猛爆をくわえた。

笙子が日本の降伏を知ったのは、そんな激しい空襲を避けるため、祖父の勇四郎が持ち山に掘らせた隧道《トンネル》のように長大な防空壕のなかであった。

「戦争《イッさ》に負けた」

「いまにアメリカがきて皆殺《ずるツ》さるっど」

八月十七日、笙子や友人の森要子、寺師さと、松田フヂエ、楢原ツヤ、塗木チノ、枦川ムツ子、塗木トシ子、清藤良子たちは町の人たちに混って後岳《うしろだけ》の村落へ逃げた。

その混乱のなかで、特攻隊員たちは真っ先に解散を命じられている。福岡の第六航空軍司令部に、天皇陛下の名代《みょうだい》として竹田宮恒徳王《つねよしおう》（陸軍中佐）が駆けつけ、

「特攻隊を解散せよ」

と、伝えたからである。

無条件降伏を宣言したいま、特攻隊は大日本帝国にとって荷厄介《にやっかい》な、有害無益な存在でしかなかった。政府にしても軍部にしても、おのれたちが生きのびるためには、寸秒も早く〝特攻〟の存在を抹殺《まっさつ》し、口を拭《ぬぐ》っていなければならなかったのであろう。

特攻の隊員たちが去った後、滑走路の西端の、かつて特攻機が次々に離陸していったあたりに四十機あまりの飛行機が並べられ、飛行場のあちこちから軍用書類や飛行服、落下傘《らっかさん》などを焼く黒い煙がたちのぼっていた。まだ残っている隊員がいるのか、ときおり、激しい機銃掃射や爆発音がひびいてきた。

通信兵の霜出茂は、その音を、特攻の若者や少年たちが〝誰かに〟〝何かを〟訴えている叫びごえのようだと思った。

（おンなじ敗《ま》くるのなら、なぜ半年まえに……）

そうすれば誰も死なずにすんだのだ。そう思うと茂は、躰《からだ》の深みからねじりあげてくるような口惜《くや》しさをおぼえた。乙無線通信兵の茂の軍務は、出撃する特攻の誘導であった。無電機を胸に抱き特攻機の出発点に立った茂は、戦闘指揮所と連絡をとり、翼の右下に補助タンク、左下に二百五十キロの爆弾をかかえ、よろよろと滑走してくる特攻機に、

「機首、右に振りすぎております」

などと指示を与えてきた。知覧出撃の最初の特攻機以来、茂はおびただしい数の隊員たちの〝死〟の誘導を勤めてきた。

（おンなじ敗くるのなら……）

風に乗って、銃声がまた聞えてくる。茂は、ふかい息をすると円匙《スコップ》をとり、足もとの土を掘り、深く掘り、その無電機を埋めた。

「さよなら」

そして足ばやに飛行場を離れ、復員兵の一人になった。

飛行場を接収するためにやってきたアメリカ海兵隊の、ブランテークス少尉の率いる二十人の兵士たちは、基地の施設を破壊し、残存していた四十二機の特攻機を爆破すると、風のように引きあげていった。

こうして敗戦の年がすぎた。

そしてやがて、丘の上の知覧高女の校庭にふたたび桜が咲き、女学校に帰った笙子たちは四年生になった。

放課後、笙子は校庭の高処《たかみ》にあるコンクリート造りの朝礼台に腰をおろして、傍に建っている里程標の文字をぼんやりと目で追っていた。ここから、

(東京まで一五三一、横浜一五〇二、名古屋一一六五、京都一〇一七、大阪九七四、神戸九四一キロメートル……)

あのころ、外出して町にでた特攻の若者たちは、この校庭から故郷の方をよく眺《なが》め

ていた。

(西之表《にしのおもて》まで一五五、名瀬四一二、那覇七九〇キロメートル)

そのとき笙子は、ふいに、あの日に逢《あ》いたいと思った。三角兵舎に行こう。笙子はそれを鳥浜礼子に、森要子に話した。

「行きましょう、みんな」

安楽栞も寺師さとも、馬場文子、平田祥子もうなずいた。丘を降りた笙子たちは、あの日と同じように永久橋のたもとで花を咲かせている桜の老樹の枝を折りとり、橋を渡って飛行場への街道を歩いていった。歩きながら笙子は、永久橋とは、隊員たちがこの世と永久に別離するための橋であったのかと思った。

汗ばむような春の陽ざしを浴びながら、なだらかな坂の道をのぼりつめると、いちめんの菜の花の黄が、笙子たちの瞳孔《め》にとびこんできた。菜の花の畑道のその彼方《かなた》に、松の林の丘がみえた。笙子たちは声をあげ、走った。

だが、松林のなかにはもう三角兵舎はなかった。解体され撤去された兵舎の跡に、半地下壕状に掘られていた三段の土の段だけが残っていた。

「その三角兵舎の形のままに、どこから種子が飛んできたのでしょう、小さな白や紫の花がびっしりと咲いていたのです」

その花は、知覧の方言でいうペンペン草、庭石菖《にわぜきしょう》の小さな可憐《かれん》な花だったと、笙子はいう。

「一日しか咲かない花なんです」

ひっそりと静まった松林のなかを、笙子たちは、ここが洗濯場《せんたくば》、ここが風呂場《ふろば》の跡と歩きまわった。その松林のむこうから、鳥浜礼子たちが涙をこぼしながら戻ってきた。出撃まえ、隊員のひとりが杉の木に刻みつけていった永別のことばや、たわむれて軍刀で斬《き》った痕《あと》がまだ残っていたのだという。

「ハセベリさんも、そこに……」

森要子は、松林の中の切り株に腰をおろして無心に紹刺しをしていたハセベリ伍長を思って、声をつまらせた。機関の故障で、ひとり残った岩井伍長が、毛布をかぶって泣いていたのは、このあたりだった。二十振武の穴沢少尉が靴下のつくろいを頼んだのは、その土の段の右手のあたり……。

みんな、隊員たちへのそれぞれの思いがあった。が、かれらが生命《いのち》をかけて救おうとした祖国はもうない。笙子たちは涙をためて、松林の道を引き返した。

（ああ）

右手の、その菜の花畑の辺りは、出撃まえ、隊員のひとりが花のなかに坐りこんで指を切り、その血で遺書をしたためていた場所であった。歩きながら、鳥浜礼子が唄いだした。

〽一ノ谷のいくさ敗れ　討たれし平家の公達《きんだち》あわれ……

みんな、唄いだした。が、それは唄ではなく、う、う、と嗚咽《おえつ》を嚙《か》み殺した呻《うめ》きごえのようであった。笙子は呻きを怺《こら》えようとして、唇《くちびる》を嚙んだ。その歯の隙間から、嗚咽がふきあげてきた。

「わたしが町の図書館に勤めたころ、あれは昭和二十六年ごろでしたか……そのころ町で〝夜になると飛行場跡で、火《ひ》玉《だま》（人魂）が群れをなして飛んでいる〟という噂《うわさ》が流れていました」

それは、理不尽な死をとげた特攻隊員の魂が、夜ごと迷いあるいているのだ、と町の人びとはささやきあった。笙子は、その噂がほんとうなら、隊員たちのその人魂《ひだま》に、

「逢いたい」

と思った。逢って一緒に語り、泣きたいと思った。夜になるのを待って笙子は、自転車を引きだし、飛行場跡へ行った。火玉のうわさにおびえて、誰も通る人のない暗い、草ふかい軍用道路に自転車を走らせた。

飛行場跡の雑草のなかで、笙子は一時間ほどうずくまっていた。が、いちめんの闇《やみ》ばかりで、火玉は現われなかった。

（よかった）

これでよかった。祖国に裏切られ、見捨てられた特攻隊員の霊魂が火玉の群れになって、闇のなかをさまよっているとすれば、あまりにも憫《あわ》れであった。

（おやすみなさい……池田さん……穴沢さん……本島さん……岡安さん……ハセベリさん……）

笙子は暗《くら》みの彼方に呼びかけ、自転車に乗った。

永崎（前田）**笙子の手記――**

〈……それから四年ほど後、私の所へTさんという方から電話がかかってきました。それであの時の少年飛行兵のことがわかりました。ハセベリさんは長谷部良平伍長であって、知覧基地より出撃戦死されたということでした。

十年前のあの童顔が私の脳裡《のうり》をかすめ、刺繡の色どりの中の「ハセベリ」の文字を思いだしました。残されたわずか四日間で「ヨウヘイ」の文字を刺繡して征《い》かれたのでしょうかと。（中略）限られた人生の最後のひとときまで、懸命に刺繡をされてい

た姿が今も私の脳裡に焼きついています。あの紹刺しは形見の品となってお母さまのお手もとに届いたのでしょうか〉

特攻誄《とっこうるい》——あとがきにかえて

沖縄天号作戦で死んでいった特攻や直掩隊《ちょくえんたい》の若者、少年たちを身近にみていたので、戦争で死ねなかった者の後ろめたさや悔恨の念が、四十年後のいまでもつきまとっている。戦いはわたしの五体を奪わずに、死の翳《かげ》だけを胸奥にのこしていった。おそらく生涯《しょうがい》、忘れることのできぬ〝戦争〟の体験を引きずって生きる以外にないであろう。

その天号作戦で散ったひたむきな若者や一途《いちず》な少年たちの行動と魂のありかを書き残したい、と灼《や》けるような念《おも》いを抱きながら三十数年が経《た》った。その間《かん》、二十五年ほどまえ山岡荘八氏邸の空中庵（神雷部隊の遺書、空中観音を祀《まつ》る）にまねかれ、特攻の執筆を勧められたこともあった。が私には書けなかった。書ける自信はなかった。心を罩《こ》めて書けば書くほどその作品が、戦争を知らない若い世代から更に乖離《かいり》していくような思いがしてならなかったからである。

心の裡《なか》でくすぶりつづけていた〝特攻〟を書く決断がついたのは、三十七年ぶりの知覧《ちらん》への旅であった。その旅の経緯《ゆくたて》はこの本の冒頭ですでに述べた。以来、特攻で斃《たお》れた若者や少年たちの遺書や日記、書簡類を読みふけった。敗戦以来ひたすら蒐《あつ》めつづけてきた資料だが、特攻の人びとの遺書や写真というのは、きわめてすくない。原因は、敗戦直後、特攻基地周辺に流れたデマである。「アメリカ軍を苦しめた特攻隊員とかかわりがあった者は、みな処断される」そんな風説《うわさ》が渦巻《うずま》き、その一種の恐慌《きようこう》状態のなかで、隊員たちが託し、残していった遺書の多くが焼却されてしまったのである。

いま遺《のこ》されている遺品は、その混乱と、黒つなみのように上陸してきたアメリカ進駐軍への恐怖のなかで遺族や隊員を哀惜する人びとがひそかに匿《かく》し、肌《はだ》であたためるように抱きつづけてきた貴重な記録である。ザラ紙の軍用箋《ぐんようせん》や粗末な日記帳に、鉛筆の跡も薄れ薄れに記された彼らのことばは、いまも読む人の心をうつ。なかでも出撃前夜、三角兵舎の裸電球の下で、残していく母の身を案じた少年兵が「日本一の御母様。今日トランプ占いをしたならば、御母様が一番よくて、将来、最も幸福な日を送ることが出来るさうです」と遺書に書き、読みかけた本にシオリをはさんで戦場に出ていった学徒兵穴沢利夫が、恋人の智恵子に送った最後の手紙は、何度読んでも涙がふきあげてくる。

ここに書ききれなかったものも多い。特攻花のエピソードもそうだ。初夏の頃になると、毎年、特攻前進基地のあった奄美群島喜界島空港のなだらかな丘いちめんに咲き乱れる矢車草の花に似た群落。その花は、喜界島を飛び立った隊員たちが、訣別《けつべつ》の思いをこめて上空から投げ落した花束が、いつしか花を咲かせるようになったのだと島びとはいう。また、開聞岳《かいもんだけ》の麓《ふもと》で訪ねた老農の涙も忘れがたい。当時すでに四十すぎで、三角兵舎の当番兵を勤めていたというその老人は、まだ星の出ている特攻出撃の早朝、熟睡している隊員たちを起しに行き、

「起床の時間であります。ただいま四時であります」

そう告げるのが任務であった。ところが、話がそのくだりにくると老人はにわかに顔を歪《ゆが》めて絶句し、大粒の涙を膝《ひざ》にしたたらせた。老人の話は、そこから先に進まなかった。涙をこぼしながら老人は、それでも私のために幾度か話をすすめようとしたが、「起床の時間であります……」そう云うとまた咳《せ》きあげ、唇《くちびる》をふるわせるのである。この日の取材ノートは、空白のままで終っている。が、なによりも素晴らしい取材であった。そんな特攻花や老兵の痛恨や限りない特攻の誄詞《るいし》を、この先もなお書きつづけていこうと思う。

ともあれ、三年余にわたった取材の旅はいま終った。

終りに、再三の取材にこころよく応じてくださった方々のお名前を記して深く感謝

申しあげる。

伊達智恵子（穴沢利夫氏遺族・東京） 寺井俊一・倶子（平柳芳郎氏遺族・武蔵野市） 川口清（川口弘太郎氏遺族・岐阜） 渋谷光・渋谷健男（渋谷健一氏遺族・山形） 井上たか（井上清氏遺族・福岡） 大塚つが（大塚要氏遺族・茨城） 千田敏男（千田孝正氏遺族・愛知） 岩井鉞男《えつお》（岩井定好氏遺族・岐阜） 苗村七郎（飛行第66戦隊） 岩尾光代（毎日新聞社） 原田良次（飛行第53戦隊） 永崎〝前田〟笙子・赤羽〝鳥浜〟礼子・前田〝森〟要子・門園〝楢原〟ツヤ・桑代〝塗木〟チノ・枦川ムツ子・射手園〝松田〟フヂエ・塗木トシ子・松元〝清藤〟良子・浜崎〝中野〟ミエ子（以上、知覧高女出身） 鳥浜とめ（軍用食堂富屋） 宇佐美辰一（大阪） 八牧通泰（航士） 八牧〝加藤〟美喜子（福島・原ノ町） 松永時雄（福島・原ノ町） 板津〝小椋〟忠正（米子航空機乗員養成所） 下野利弘（鹿児島・頴娃《えい》） 下野〝松元〟ヒミ子（鹿児島・頴娃） 地頭薗盛雄（少飛・特攻隼《はやぶさ》必殺隊） 平良五男（少飛・飛行108戦隊） 是枝敏男（少飛・第六航空軍司令部飛行班） 川野則夫（少飛・飛行第200戦隊） 前田徳夫（少飛・飛行第5戦隊） 竹之内信行（少飛・台湾第62対空無線隊） 川畑三良（少飛・飛行第13戦隊） 福元勇蔵（少飛・

飛行第90戦隊）江口知継（少飛・竜山宙《りゆうざん》第543部隊）森川清（少飛・水戸航空通信師団司令部）畑谷昭吉（少飛・第9練成飛行隊）鶴素美雄（少飛・太刀洗空第542部隊）五前昇（少飛・第9練成飛行隊）渡辺敏泰（少飛・所沢航空整備学校助教）土井英二（少飛・第3航空軍南方航空路部）木村和夫（少飛・飛行第6戦隊）大石桂太郎（少飛・プノンペン第5飛行団）梅田軍児（少飛・飛行第110戦隊）森下正明（少飛・第9練成飛行隊）南孝（少飛・飛行第26戦隊）上野寛（少飛・飛行第23戦隊）岩本忠男（少飛・神鷲《しんしゆう》第1041部隊）松原七朗（少飛・中部第94飛行第3大隊）増田昌靖（少飛・第9練成飛行隊）中間篤夫（少飛・竜山宙第543部隊）宮脇忠良（少飛・日本原飛行場）木下美代子（和歌山）山本正廣（和歌山）福山芳子（佐賀）豊増幸子（佐賀）生田惇（航士55期・現、防衛庁防衛研修所戦史室）東敏見（知覧町助役）平木場太（知覧町収入役）泊宝徳（加世田市長）桑代〝霜出〟茂（靖第21020 5部隊乙無線）

（敬称略・順不同）

『今日われ生きてあり』は、はじめ「散華抄《さんげしよう》」と題し月刊仏教誌「東方界」に昭和58年1月号から昭和60年4月号にわたって連載したものを訂正加筆したものです。また

「特攻基地、知覧ふたたび」は「歴史と人物」（昭和五十八年八月増刊号・中央公論社）に発表したものです。

神坂次郎

参考

米駆逐艦ラフェイに対する日本軍の特攻攻撃状況図

（昭和20年4月16日）

（モリソン著「第二次世界大戦米海軍戦史」を初出の典拠とする。）

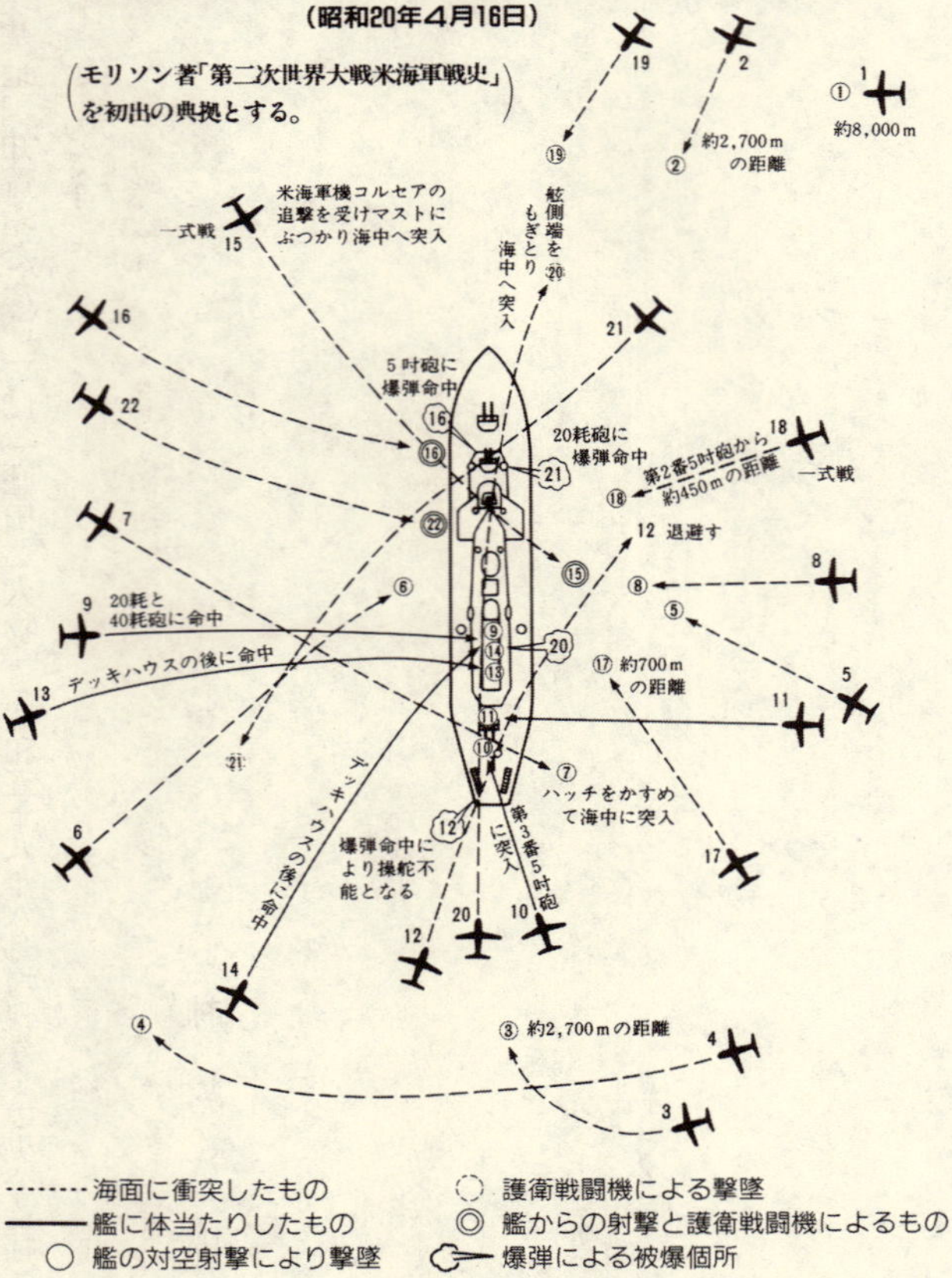

（朝雲新聞社刊「陸軍航空作戦」より）

解説

高田宏

冷静な解説のできる本ではない。

思い切って告白するのだが、私はこの本を泣きながら読んだ。はじめてこの本を読んだとき、書斎で嗚咽《おえつ》した。号泣しそうだったが家族をおどろかせるのをはばかって声を殺して泣いた。なみだが幾度も流れた。

八年後、この文庫の解説をひきうけて、再読した。たまたま九州の都井岬《といみさき》へ行く用があったので、バッグのなかに『今日われ生きてあり』を入れて出かけた。東京から小倉、宮崎を経て串間《くしま》までの片道十三時間の列車のなかで読むつもりだった。

読めなかった。新幹線で読みはじめたのだが、なみだがあふれ、まわりを気にして本を閉じた。

都井岬のホテルで真夜中、目があいた。海に大きな月が上っていた。月に照らされた海を見下ろす窓辺の椅子で、あらためて読みはじめた。

一話ごとに（第十八話「〝特攻〟案内人」だけを例外として）泣いた。深夜のホテルの一室だから遠慮はいらなかった。ときには声をあげた。夜の海に向かって、おうおう吠《ほ》えた。一話読み終わると、つぎの一話をすぐには読めなかった。

第六話「あのひとたち」の最後に、「松元ヒミ子（女子青年団員）の語る——」として、つぎの言葉がある。

日本を救うため、祖国のために、いま本気で戦っているのは大臣でも政治家でも将軍でも学者でもなか。体当り精神を持ったひたむきな若者や一途《いちず》な少年たちだけだと、あのころ、私たち特攻係りの女子団員はみな心の中でそう思うておりました。ですから、拝むような気持ちで特攻を見送ったものです。特攻機のプロペラから吹きつける土ほこりは、私たちの頰に流れる涙にこびりついて離れませんでした。三十八年たったいまも、その時の土ほこりのように心の裡《なか》にこびりついているのは、朗らかで歌の上手な十九歳の少年航空兵出の人が、出撃の前の日の夕がた「お母さん、お母さん」と薄ぐらい竹林のなかで、日本刀を振りまわしていた姿です。——立派でした。あゝひとたちは……

「立派でした。あゝひとたちは……」のひとことが、読む私の胸をえぐる。竹林のなかで母を呼びながら日本刀を振りまわし、そして特攻という自爆攻撃に出て行った若者の姿が胸をつまらせる。その姿を心にこびりつかせて生きてきた松元ヒミ子の三十八年が、私を重く圧倒する。「立派でした。あゝひとたちは……」に、私は肩がふるえ、滂沱《ぼうだ》のなみだを止《と》めず、深夜の海に吠えた。

「立派でした。あゝひとたちは……」のひとことは、いまの私の生を打ってくる。敗戦の年私は旧制中学一年生だった。あれからまもなく半世紀だ。その年月を、立派に生きたとはとても言えない。それゆえの号泣でもあった。

「特攻誄《とっこうるい》――あとがきにかえて」で著者が、かつて特攻の執筆をすすめられたが書けなかったと語り、「心を罩《こ》めて書けば書くほどその作品が、戦争を知らない若い世代から更に乖離《かいり》していくような思いがしてならなかったからである」と記している。その事情は、どうやら今も変わらないであろう。いまの若者もひとくくりにはできないが、そのかなり多くは、この本とは無縁であろう。

都井岬ではつい最近、赤いスポーツカーで暴走した若者が、道に出ていた野生馬を轢《ひ》き殺して逃げたという。その若者たちに、そして車の窓から無雑作にゴミを投げ捨てることになれてしまっているような若者たちに、この本に打たれるほどの魂が宿っているとは思えない。

敗戦から十年あまりの頃、すでに、その当時の若者たちのなかには、戦争をたんにゲームとみて楽しむ者も出てきていた。そういう若者を読者とする雑誌が売れていた。私が勤めていた出版社でアルバイトに来ていた少年が、戦争雑誌に熱中し、戦闘機や戦艦の名前を娯楽にしているのを見て、暗然としたものだった。いまはテレビゲームなどで戦争が娯楽化されているのかと思うが、そういうこともふくめて、魂抜きで生きているとしか思えない人間が多くなった。

戦争の時代を讃美するわけではない。戦争はヒトという動物に特有の愚行にすぎない。だが、そこにも美しい魂の人たちがいたということだ。逆にいつの時代も、うすぎたない人びともいる。この本で著者は、直接みずからの言葉を記すことをなるべく控えているのだが、わずかな地の文に、こんなところがある。

いま、四十年という歴史の歳月を濾《こ》して太平洋戦争を振り返ってみれば、そこには美があり醜があり、勇があり怯《きょう》があった。祖国の急を救うため死に赴いた至純の若者や少年たちと、その特攻の若者たちを石つぶての如《ごと》く修羅《しゅら》に投げこみ、戦況不利とみるや戦線を放棄し遁走《とんそう》した四航軍の首脳や、六航軍の将軍や参謀たちが、戦後ながく亡霊のごとく生きて老醜をさらしている姿と……。

また別のところでは、ニューギニアの密林に航空部隊七千人の部下を置き去って逃げた第六飛行師団長稲田正純少将のことが語られ、若者たちを特攻に投入する壮行演説で「この富永も最後の一機で行く決心である」と刀を振り上げた四航軍司令官富永恭次中将の遁走も語られる。著者はその事実を記したあとに何の説明も加えず陸軍刑法の一条を掲げる。

「第四十二条　司令官敵前ニ於《おい》テ其《そ》ノ尽スヘキ所ヲ尽サスシテ逃避シタルトキハ死刑ニ処ス」（第五話「サルミまで……」）

第十五話「素裸の攻撃隊」は、東京を空襲するＢ29に体当りすることを命じられた「震天制空隊」という名の特攻について書かれているのだが、そこに一行、著者自身の言葉もある。

特攻は戦術ではない。指揮官の無能、堕落を示す〝統率の外道《げどう》〟である。

たくさんの言葉をのみこみ、押さえこんで、言葉すくなく峻烈《しゅんれつ》に語られた一行だ。

右の「外道」には、彼ら指揮官の戦後の歳月もふくまれているはずだ。指揮官としてだけでなく、人として外道である、と。著者はそう言いたいにちがいない。外道という言葉の背後に、著者の長い怒りが感じられる。

だが、この本に著者が記そうとしたのは、怒りよりも、美しく生きた死者たちへの惜別であり、彼らを忘れることのない生者たちへの共感だろう。

さきに引いた、竹林で母を呼ぶ若者の姿が、そして、「立派でした。あゝひとたちは……」と語る元女子青年団員で今はたぶん六十を過ぎておられる女性の言葉がその一例だが、また、つぎのような例もある。

特攻隊員大石清は昭和二十年三月十三日の大阪大空襲で父を失い、つづいて重病の母の死を知った。小学生の妹（静恵）ひとりがのこされて、伯父のもとに引きとられていた。「大石伍長の遺書――」が、第十四話「背中の静《しい》ちゃん」の末尾に録されている。

〈なつかしい静《しい》ちゃん！

おわかれの時がきました。兄ちやんはいよ〳〵出げきします。この手紙がとどくころは、沖なは（縄）の海に散つてゐます。思ひがけない父、母の死で、幼ない静ちゃんを一人のこしていくのは、とてもかなしいのですが、ゆるして下さい。

兄ちゃんのかたみとして静ちゃんの名であづけてゐたいうびん（郵便）通帳とハンコ、これは静ちゃんが女学校に上るときにつかつて下さい。時計と軍刀も送ります。これも木下のをぢさんにたのんで、売つてお金にかへなさい。兄ちゃんのかたみなどより、これからの静ちゃんの人生のはうが大じなのです。

もうプロペラがまはつてゐます。さあ、出げきです。では兄ちゃんは征きます。泣くなよ静ちゃん。がんばれ！〉

「売つてお金にかへなさい。兄ちゃんのかたみなどより、これからの静ちゃんの人生のはうが大じなのです」――これほど美しい人間の言葉はめったにない。

解説らしい解説は書けなかった。読者諸兄姉は、著者のあとがきによって、この本がなぜ書かれたのか、どのようにして書かれたのかを知っていただきたい。

『今日われ生きてあり』を二晩、月の海辺で再読したあと、都井岬から日南線の駅へ向かって海沿いの道をタクシーで走っていると、途中、回天訓練基地跡を通った。もう一つの特攻、人間魚雷「回天」の訓練がこの海で行なわれ、はるか南の海で若者たちが爆薬もろとも米軍艦隊に突入して行ったのだ。

近くに幸島がある。日本のサル学発祥の地なのだが、この島に野生猿の群れを見にきた若い男女が面白半分、サルたちに火のついたたばこを投げ与えていたという話を聞いて暗然としてきたばかりだった。彼も彼女も、人間魚雷については知らないだろう。聞かされても、「バカみたい」と言うのではないだろうか。

（平成五年六月、作家）

この作品は昭和六十年七月、新潮社より刊行された。

神坂次郎著
縛られた巨人
—南方熊楠の生涯—
生存中からすでに伝説の人物だった在野の学者・南方熊楠。おびただしい資料をたどりつつ、その生涯に秘められた天才の素顔を描く。

阿川弘之著
雲の墓標
一特攻学徒兵吉野次郎の日記の形をとり、大空に散った彼ら若人たちの、生への執着と死の恐怖に身もだえる真実の姿を描く問題作。

安部公房著
けものたちは故郷をめざす
ソ連軍が侵攻し、国府・八路両軍が跳梁する敗戦前夜の満州——政治の渦に巻きこまれた人間にとって脅迫の中の〝自由〟とは何か?

青木冨貴子著
731
—石井四郎と細菌戦部隊の闇を暴く—
731部隊石井隊長の直筆ノートには、GHQとの驚くべき駆け引きが記されていた。戦後の混乱期に隠蔽された、日米関係の真実!

井伏鱒二著
黒い雨
野間文芸賞受賞
一瞬の閃光に街は焼けくずれ、放射能の雨の中を人々はさまよい歩く……罪なき広島市民が負った原爆の悲劇の実相を精緻に描く名作。

遠藤周作著
海と毒薬
毎日出版文化賞・新潮社文学賞受賞
何が彼らをこのような残虐行為に駆りたてたのか? 終戦時の大学病院の生体解剖事件を小説化し、日本人の罪悪感を追求した問題作。

大岡昇平著
野火
読売文学賞受賞
野火の燃えひろがるフィリピンの原野をさまよう田村一等兵。極度の飢えと病魔と闘いながら生きのびた男の、異常な戦争体験を描く。

城山三郎著
指揮官たちの特攻
—幸福は花びらのごとく—
神風特攻隊の第一号に選ばれた関行男大尉、玉音放送後に沖縄へ出撃した中津留達雄大尉。二人の同期生を軸に描いた戦争の哀切。

島尾敏雄著
出発は遂に訪れず
自殺艇と蔑まれた特攻兵器「震洋」。出撃指令が下り、発進命令を待つ狂気の時間を描く表題作他、島尾文学の精髄を集めた傑作九編。

原民喜著
夏の花・心願の国
水上滝太郎賞受賞
被爆直後の終末的世界をとらえた表題作等、美しい散文で人類最初の原爆体験を描き、朝鮮戦争勃発のさなかに自殺した著者の作品集。

吉村昭著
戦艦武蔵
菊池寛賞受賞
帝国海軍の夢と野望を賭けた不沈の巨艦「武蔵」——その極秘の建造から壮絶な終焉まで、壮大なドラマの全貌を描いた記録文学の力作。

山崎豊子著
二つの祖国
(一〜四)
真珠湾、ヒロシマ、東京裁判——戦争の嵐に翻弄され、身を二つに裂かれながら、祖国を探し求めた日系移民一家の劇的運命を描く。

梯　久美子著
散るぞ悲しき
―硫黄島総指揮官・栗林忠道―
大宅壮一ノンフィクション賞受賞

地獄の硫黄島で、玉砕を禁じ、生きて一人でも多くの敵を倒せと命じた指揮官の姿を、妻子に宛てた手紙41通を通して描く感涙の記録。

加藤陽子著
それでも、日本人は「戦争」を選んだ
小林秀雄賞受賞

日清戦争から太平洋戦争まで多大な犠牲を払い列強に挑んだ日本。開戦の論理を繰り返し正当化したものは何か。白熱の近現代史講義。

早乙女勝元編著
写真版　東京大空襲の記録

一夜のうちに東京下町を焦土と化し、10万の死者で街や河を埋めつくした東京大空襲。無差別爆撃の非人間性を訴える文庫版写真集。

水口文乃著
知覧からの手紙

知覧――特攻隊基地から婚約者へ宛てた手紙には、時を経ても色あせない、最愛の人へのほとばしる愛情と無念の感情が綴られていた。

畠山清行著
保阪正康編
秘録　陸軍中野学校

日本諜報の原点がここにある――昭和十三年、秘密裏に誕生した工作員養成機関の実態とは。その全貌と情報戦の真実に迫った傑作実録。

秋尾沙戸子著
ワシントンハイツ
―GHQが東京に刻んだ戦後―
日本エッセイスト・クラブ賞受賞

終戦直後、GHQが東京の真ん中に作った巨大な米軍家族住宅エリア。日本の「アメリカ化」の原点を探る傑作ノンフィクション。

夏目漱石著　吾輩は猫である

明治の俗物紳士たちの語る珍談・奇譚、小事件の数かずを、迷いこんで飼われている猫の眼から風刺的に描いた漱石最初の長編小説。

長塚　節　著　土

鬼怒川のほとりの農村を舞台に、貧しい農民たちの暮し、四季の自然、村の風俗行事などを驚くべき綿密さで描写した農民文学の傑作。

永井荷風著　ふらんす物語

二十世紀初頭のフランスに渡った、若き荷風の西洋体験を綴った小品集。独特な視野から西洋文化の伝統と風土の調和を看破している。

中島　敦　著　李陵・山月記

幼時よりの漢学の素養と西欧文学への傾倒が結実した芸術性の高い作品群。中国古典に取材した4編は、夭折した著者の代表作である。

永井龍男著　青梅雨

野間文芸賞受賞

一家心中を決意した家族の間に通い合うやさしさを描いた表題作など、人生の断面を彫琢を極めた文章で鮮やかに捉えた珠玉の13編。

吉田凞生編　中原中也詩集

生と死のあわいを漂いながら、失われて二度とかえらぬものへの想いをうたいつづけた中也。甘美で哀切な詩情が胸をうつ。

坂口安吾著　堕落論

『堕落論』だけが安吾じゃない。時代をねめつけ、歴史を嗤い、言葉を疑いつつも、書かずにはいられなかった表現者の軌跡を辿る評論集。

太宰治著　人間失格

生への意志を失い、廃人同様に生きる男が綴る手記を通して、自らの生涯の終りに臨んで、著者が内的真実のすべてを投げ出した小説。

安岡章太郎著　海辺《かいへん》の光景

芸術選奨・野間文芸賞受賞

精神を病み、弱りきって死にゆく母——。精神病院での九日間の息詰まる看病の後、信太郎が見た光景とは。表題作ほか、全七編。

中河与一著　天の夕顔

私が愛した女には夫があった——恋の芽生えから二十余年もの歳月を、心と心の結び合いだけで貫いた純真な恋人たちの姿を描く名著。

竹山道雄著　ビルマの竪琴

毎日出版文化賞・芸術選奨受賞

ビルマの戦線で捕虜になっていた日本兵たちが帰国する日、僧衣に身を包んだ水島上等兵の鳴らす竪琴が……大きな感動を呼んだ名作。

壺井栄著　二十四の瞳

美しい瀬戸の小島の分教場に赴任したおなご先生と十二人の教え子たちの胸に迫る師弟愛を、郷土色豊かなユーモアの中に描いた名作。

トルストイ
工藤精一郎訳
戦争と平和（一〜四）

ナポレオンのロシア侵攻を歴史背景に、十九世紀初頭の貴族社会と民衆のありさまを生き生きと写して世界文学の最高峰をなす名作。

M・ミッチェル
鴻巣友季子訳
風と共に去りぬ（1〜5）

永遠のベストセラーが待望の新訳！　明るく、私らしく、わがままに生きると決めたスカーレット・オハラの「フルコース」な物語。

スタインベック
伏見威蕃訳
怒りの葡萄（上・下）

ピューリッツァー賞受賞

天災と大資本によって先祖の土地を奪われた農民ジョード一家。苦境を切り抜けようとする、情愛深い家族の姿を描いた不朽の名作。

P・バック
新居格訳
中野好夫補訳
大地（一〜四）

十九世紀から二十世紀にかけて、古い中国が新しい国家へ生れ変ろうとする激動の時代に、大地に生きた王家三代にわたる人々の年代記。

T・マン
高橋義孝訳
魔の山（上・下）

死と病苦、無為と頽廃の支配する高原療養所で療養する青年カストルプの体験を通して、生と死の谷間を彷徨する人々の苦闘を描く。

ニーチェ
竹山道雄訳
ツァラトストラかく語りき（上・下）

ついに神は死んだ——ツァラトストラが超人へと高まりゆく内的過程を追いながら、永劫回帰の思想を語った律動感にあふれる名著。

養老孟司著
かけがえのないもの
何事にも評価を求めるのはつまらない。何が起きるか分からないからこそ、人生は面白い。養老先生が一番言いたかったことを一冊に。

中島岳志著
「リベラル保守」宣言
ナショナリズム、原発、貧困……。俗流保守にも教条的左翼にも馴染めないあなたへ。「リベラル保守」こそが共生の新たな鍵だ。

外山滋比古著
日本語の作法
『思考の整理学』で大人気の外山先生が、あいさつから手紙の書き方に至るまで、正しい大人の日本語を読み解く痛快エッセイ。

寺山修司著
両手いっぱいの言葉
―413のアフォリズム―
言葉と発想の錬金術師ならでは、毒と諧謔の合金のような寸鉄の章句たち。鬼才のエッセンスがそのまま凝縮された413言をこの一冊に。

谷崎潤一郎著
陰翳礼讃・文章読本
闇の中に美を育む日本文化の深みと、名文を成すための秘密を明かす日本語術。文豪の精神の核心に触れる二大随筆を一冊に集成。

塩野七生著
ルネサンスとは何であったのか
イタリア・ルネサンスは、美術のみならず、人間に関わる全ての変革を目指した。その本質を知り尽くした著者による最高の入門書。

今日《きょう》われ生《い》きてあり
知覧特別攻撃隊員たちの軌跡

新潮文庫 こ－21－5

平成 五 年 七 月二十五日 発行
平成二十七年 六 月 十五日 十五刷
令和 元 年 八 月 一 日 第二版発行
令和 元 年 八 月二十五日 二 刷

著者 神《こう》坂《さか》次《じ》郎《ろう》

発行者 佐藤隆信
発行所 株式会社 新潮社
郵便番号 一六二—八七一一
東京都新宿区矢来町七一
電話 編集部(〇三)三二六六—五四四〇
読者係(〇三)三二六六—五一一一
https://www.shinchosha.co.jp

印刷・株式会社光邦 製本・株式会社大進堂

ISBN978-4-10-120924-1 C0195